변혁 1990

1990

10

천지무천 장편소설

FUSION FANTASTIC STORY

변혁 1990 10권

천지무천 장편 소설

초판 1쇄 찍은 날 § 2015년 3월 25일
초판 1쇄 펴낸 날 § 2015년 4월 1일

지은이 § 천지무천
펴낸이 § 서경석

편집부장 § 권태완
편집책임 § 박은정

펴낸곳 § 도서출판 청어람
등록번호 § 제1081-1-89호
등록일자 § 1999. 5. 31
어람번호 § 제1-2087호

주소 § 경기도 부천시 원미구 심곡2동 163-2 서경B/D 3F (우) 420-822
전화 § 032-656-4452 팩스 § 032-656-4453
http://www.chungeoram.com
E-mail § chungeorambook@daum.net

ISBN 979-11-04-90175-1 04810
ISBN 978-89-251-3388-1 (세트)

변혁 1990

천지무천 장편소설

10

FUSION FANTASTIC STORY

CONTENTS

Chapter 1

　나는 한동안 이천에 있는 도시락라면 생산 공장과 팔도라면 공장을 수시로 방문했다.

　러시아에 짓기로 한 공장에 대한 기술적인 부분과 생산 설비 때문이었다.

　해외영업 2팀에서 추진하는 사우디아라비아 수출 건은 팔도라면과 생산 제휴를 통해서 수출량을 맞추기로 했다.

　물론 도시락이 주도하는 것이 아닌 김대철 사장과 김경렬 부장의 책임하에서 결정된 상황이다.

　도시락 이천 공장에서는 원래대로 국내에서 소비되는 양

을 뺀 나머지 30%인 3만 상자를 해외영업 2팀에서 가져갔다.

나머지 수출량은 모두 팔도라면에서 2년 동안 매월 10만 상자를 공급받기로 했다.

팔도라면 측에서도 신 공장을 짓고 난 후 70%의 공장 가동률을 보이고 있어서 김대철 사장의 제의를 흔쾌히 받아들였다.

해외영업 2팀에서는 인력 보강에도 힘을 써 4명을 추가로 뽑았다.

모두가 김경렬 부장과 연관이 있는 인물이었다.

해외영업 1팀은 서류전형을 통과한 30명의 인원 중에서 2명만을 선발했다.

실력과 인성을 겸비한 인물을 선별해서 뽑았다. 무조건 실력이 좋다고 해서 인원을 선발하지는 않았다.

기존에 있는 조직원들과 융화되고 특이하게 변해 버린 도시락의 독특한 회사 운영 방식에 적응할 수 있는 인재로 선별했다.

두 사람 중의 한 명은 러시아어를 잘했고, 다른 한 명은 중국어에 능통했다.

도시락 제일의 목표는 러시아이고, 그다음은 중국을 대상으로 삼았다.

내년이면 중국과 정식으로 국가 간 수교를 맺게 된다.

그렇게 되면 세계 단일 시장 중에서 가장 큰 12억 중국 시장이 눈앞에 펼쳐지게 된다.

나는 중국 시장이 어떻게 변화되어 가는지를 똑똑히 알고 있었다.

섣불리 접근했다가는 오히려 큰 낭패를 볼 수 있는 시장이라는 것과 아직은 중국의 시장경제가 성숙하지 못하다는 점도 염두에 두어야만 했다.

지금은 물건을 소비하고 구매할 수 있는 중국 국민들의 소득이 한참 부족한 시기였다.

*   *   *

토시락의 내부 문제로 신경을 쓰고 있을 때에 영등포경찰서에서 연락이 왔다.

청일산업에 납품한 PC 문제뿐만 아니라 내가 청일산업의 직원들을 폭행했다는 것이다.

직원 두 명이 전치 2주에 해당하는 상처를 입었다고 한다.

나는 곧장 김인구 소장이 연결해 준 변호사를 만나 전후 사정에 관해 이야기를 나누었다.

주현노 변호사는 올해 마흔 살로 검사 출신의 변호사다.

김인구 소장과는 검사 때에 인연을 맺은 사이였다.

1986년 연쇄살인 사건을 담당했던 경찰이 김인구 소장이었고, 담당 검사가 주현노였다.

주현노는 여권의 실세와 연관된 수사를 하다가 처벌 과정에서 윗선과 충돌한 후에 검사직을 내려놓고서 변호사로 개업한 인물이다.

불의와는 타협하지 않는 성격 때문에 변호사 일거리가 많이 줄어들었다고 한다.

큰 눈에 굵은 턱선을 가지고 있어서 그런지 남자다운 모습이었다.

나는 그에게 청일산업에 관한 이야기를 모두 해주었고 김인구 소장이 조사한 내용도 함께 전해주었다.

청일산업은 물건을 납품받고는 물건의 하자를 핑계로 납품업체에 대금을 지급하지 않은 것이 처음이 아니었다.

더구나 그와 관련된 고소 사건을 모두 영등포경찰서의 박상수 계장이 처리했다.

더욱이 일 처리 과정에서 대부분의 사건이 청일산업에게 유리한 쪽으로 해결되었다.

"저도 청일산업과 관련된 고소 사건들을 살펴보았는데

의구심이 드는 부분이 많았습니다. 사건 처리도 너무 일방적인 부분으로 몰아가는 분위기도 보입니다. 우선 증거가 될 만한 것을 확보한 후에 확실하게 처리해야 할 것 같습니다. 폭력 사건은 걱정하지 않으셔도 됩니다. 세 명이 한 명에게 폭력을 행사하는 것은 특수폭행죄에 해당합니다. 이는 폭행죄보다도 형량이나 벌금이 더 높습니다. 이번 기회에 단단히 혼꾸멍을 내주면 될 것입니다"

주현노 변호사는 자신감 있게 말했다.

그는 다년간의 검사 생활을 통해서 영등포경찰서의 박상수 계장이 어떤 식으로 청일산업의 김봉남을 봐주었는지 예상되었다.

"절대 가볍게 넘길 수가 없습니다. 김봉남은 상습적으로 물건을 납품하는 업체나 하청업체에서 불법적인 이득을 취하는 인물입니다."

"증거가 될 물건이 청일산업에 있으면 문제 될 것은 없습니다."

주현노에게 청일산업에서 메인보드를 담아두었던 파란 박스를 이야기했었다.

"한데 경찰을 앞세우고 청일산업을 방문하면 사전에 연락을 받고 메인보드를 숨길 수도 있지 않습니까?"

"충분히 그럴 수 있습니다. 그걸 막는 방법은 청일산업을 그만둔 박석구라는 인물을 찾는 게 중요합니다. 그 친구가 이번 일에 열쇠를 쥐고 있는 것 같으니까요."

박석구는 김인구 소장이 찾고 있었다.

사람을 찾는 데는 일가견이 있기 때문에 시간문제였다.

"그럼 제가 우선 영등포경찰서를 방문해서 박상수 계장을 만나보겠습니다. 한 시간 후에 경찰서로 오시면 됩니다."

"알겠습니다. 그럼 영등포경찰서에서 다시 뵙겠습니다."

주현노 변호사는 나에 대해 상당히 호의적이었다.

너무 젊은 나이에 명성전자라는 작지 않은 회사의 대표라는 직함에 다른 사람들처럼 놀라는 눈치였다.

하지만 주현노는 나와의 대화 속에서 내가 보통의 젊은 친구들과는 다르다는 것을 느꼈고 호감을 나타냈다.

더구나 그는 검사 시절에 능구렁이 같아 상대하기 쉽지 않았던 김인구 소장이 진심으로 날 따르고 있는 모습에서 매우 놀라워했다.

*   *   *

나는 변호사 사무실을 나와 곧장 영등포경찰서로 찾아갔다.

박상수 계장이라는 인물의 됨됨이를 알기 위해서 주현노 변호사를 대동하지 않았다.

변호사를 대동하면 그는 나를 다르게 대할 수 있었다.

영등포경찰서 수사과에 들어섰다.

경찰서의 수사과에서 형사민원(고소, 고발, 진정, 탄원 등)을 접수하거나 수사한다.

박상수는 2년 전만 해도 형사과에서 근무했었다. 형사과는 강력 사건을 담당하는 부서였다.

"박상수 계장님을 찾아왔는데요?"

수사과에 들어서자 때마침 밖으로 나오는 경찰에게 물었다.

"저기 오른쪽 창가 끝에 앉은 분입니다."

경찰은 손으로 박상수 계장을 가리키며 말했다.

"예, 감사합니다."

박상수 계장은 삐딱하게 의자에 앉아 길게 하품을 하고 있었다.

내가 그의 앞으로 다가올 때까지 그는 하품을 멈추지 않았다.

나를 확인한 박상수는 자세를 바로 하고는 질문을 던졌다.

"어디서 오셨습니까?"

"명성전자에서 나왔습니다."

"아! 명성전자. 가만있자 서류가 어딨더라. 앉으세요."

그의 말에 빈 의자에 앉았다.

"여기 있네. 어디 보자 어떻게 된 건가."

박상수는 마치 처음 보는 서류인 것처럼 말을 꺼내며 서류철을 넘겼다.

"음, 납품된 품목 중에 중고 부품을 썼다고 되어 있는데, 사실입니까?"

"아닙니다. 우리 회사는 분명히 새 제품을 납품했습니다. 지금껏 단 한 번도 중고 제품이나 불량 부품을 사용한 적이 없습니다."

"그래요. 내가 볼 때는 회사는 그렇지 않은데도 가끔 손버릇이 나쁜 직원들이 말썽을 피우더라고요. 한데 오신 분은 명성전자에서 어떻게 되십니까?"

그는 나에 대해 물어왔다.

"회사 책임자입니다."

책임자라는 말에 박상수는 나를 위아래로 쳐다보았다.

"책임자면 뭐 부서 책임자를 말하는 건가요?"

"그렇게 보셔도 됩니다."

"음, 그래요. 청일산업 쪽의 사람도 만나봤는데 그쪽 사람의 말도 틀린 것은 아니더라고요. 다 좋은 게 좋은 것이 아니겠습니까. 바쁘신 분들이 오늘처럼 경찰서를 오가는 것도 귀찮은 일이고 말입니다. 해서 말인데 그냥 청일산업에서 요구하는 걸 들어주시면 어떻습니까?"

"어떻게 조사를 하셨는지는 모르지만 저희는 분명 새 제품을 납품했습니다. 그리고 여기 보시면 그쪽 회사 직원분의 사인이 들어 있는 납품확인서도 가지고 있습니다."

나는 명성전자에서 가져온 청일산업 납품 서류를 내밀며 말했다.

"음, 납품이야 하셨겠죠. 문제는 내부에 들어간 부품이 중고 부품이라고 청일산업에서 주장하고 있는 것이 아닙니까. 저도 뭐 명성전자에서 이야기하는 것을 이해 못 하는 게 아닙니다. 제가 듣기로도 명성전자가 작은 회사는 아닌데. 그리고 청일산업에서 그쪽 회사 직원분이 폭력을 행사했다고 연락을 해왔어요. 회사 직원 2명이 전치 2주라 그쪽 회사도 피해가 이만저만이 아니라고. 이것까지 고소장이 접수되면 명성전자가 곤란해질 수도 있습니다. 그러니까 그냥 빨리 합의해서 일을 끝냅시다. 제 경험상 이건 그쪽 명성전자가 불리해요."

박상수는 대충 사건을 무마시키려는 것이 눈에 보였다.

"박 계장님은 청일산업 쪽의 주장만 받아들이려는 것 같습니다. 그쪽 주장이 그렇다고 하더라도 정확한 조사를 벌인 후에야 결론을 내려야 하지 않겠습니까?"

내 말에 박상수는 눈이 커지면서 인상이 찡그러졌다.

"이봐, 지금 조사를 더 하길 바라는 거예요? 그럼 당신들이 불리해. 뭐 좀 좋게 해주려고 말을 하면 들어먹어야지. 청일산업은 컴퓨터에 중고 부품을 썼다는 증거가 있잖아. 명성전자는 증거가 있어?"

박상수의 목소리가 커지며 말투가 달라졌다.

"청일산업에서 중고 부품으로 바꿔치기할 수도 있는 거 아닙니까? 그걸 왜 꼭 우리 쪽에서 중고 부품을 썼다고 말하는지 모르겠습니다. 더구나 현장 조사 없이 한쪽 주장만 듣는 것 같아서 말씀드리는 것입니다."

"허 참! 이봐, 내가 언제 한쪽 주장만 들었어. 내가 지금 말 듣고 있는 건 어디 쪽이야. 어, 정말! 좋은 방법을 알려주면 뭐하나. 들어 처먹어야지. 자! 여기 사진 봐. 현장에 가서 사진을 다 찍어놓았잖아. 현장 조사를 다 하고 하는 이야기야."

박상수는 책상에 사진 몇 장을 꺼내어 내 앞으로 던졌다.

그 사진에는 청일산업에 납품된 드림—I 내부를 찍은 사진이었다.

사진 속에는 다른 새 제품과 달리 먼지가 낀 메인보드가 눈에 들어왔다.

한데 사진에 찍혀 있는 날짜가 문제였다.

사진에 찍혀 있는 날짜는 바로 드림—I를 납품한 날이었다.

박상수의 말처럼 그가 현장에 나가 사진을 찍었다면 고소장이 접수되기도 전에 조사를 나간 것이 된다.

그는 제대로 사건을 검토조차 하지 않은 것이다.

"이 사진을 한 장 주시면 안 되겠습니까?"

"왜? 이제야 좀 이해가 돼?"

사진을 보자마자 내 태도가 달라지는 모습을 봤기 때문이다.

"납품부서에 이 사진을 보여줘야 할 것 같아서요."

"다시 말하지만 질질 끌어서 좋을 게 하나도 없어요. 그냥 빨리 끝내는 게 서로에게 다 좋아. 나도 이런 사건 맡아봤자 피곤만 하고. 자, 한 장 가져가서 확실하게 보여주고 끝냅시다."

박상수는 사진 중 하나를 나에게 건네주었다.

그는 지금 이 사진이 얼마나 중요한 증거자료인지 모르는 것 같았다.

사진을 제대로 보지 않은 게 분명했다.

박상수가 건네준 사진은 그가 현장에 가서 찍은 것이 아닌 청일산업에서 만약을 위해 건네준 사진이었다.

"전화 좀 쓰겠습니다. 관계자분을 이쪽으로 불러야 될 것 같아서요."

"어! 이제야 말이 통하네. 자, 마음껏 쓰세요."

박상수 계장은 자신의 말을 내가 받아들인 거로 생각한 것 같았다.

나는 전화기 버튼을 눌렀다. 몇 번의 신호음 후에 전화가 연결되었다.

"저입니다. 지금 바로 오셔야 할 것 같습니다."

그리고 수화기를 내려놓았다.

"관계자분이 바로 오신다고 했습니다. 좀 기다려 할 것 같습니다."

"그래, 오늘 그냥 끝내면 되겠네. 뭐 커피라도 한 잔 드릴까?"

박상수는 내 말에 구겨졌던 표정이 바뀌며 호의적으로 나왔다.

"예, 한 잔 주시죠."

"잠시만 기다려요. 젊은 사람이라 말귀를 잘 알아듣네."

박상수는 자리에서 일어나 커피 자판기가 있는 복도로 나갔다. 그리고 커피 두 잔을 가지고 와 나에게 건넸다.

그리고 커피를 다 마실 때 즈음 수사과로 들어오는 인물이 있었다.

바로 주현노 변호사였다.

Chapter 2

　내가 앉아 있는 곳으로 주현노 변호사가 걸어오자 박상
수 세징이 니를 보머 입을 열었다

　"회사 사장님이신가? 아니면 회사 임원 되시나?"

　말쑥한 고급 정장에 가죽 가방을 들고 오는 주현노 변호
사의 모습을 보고 유추한 것이다.

　박상수의 말을 들었는지 주현노 변호사가 그에 대해 답
했다.

　"저는 여기 계신 명성전자 대표님이 선임한 변호사입니
다."

주현노의 말에 박상수의 작은 눈이 순간 사슴처럼 커졌다.

"뭐, 뭐라고요? 그, 그럼 지금 여기 있는 친구가… 아니, 이분이 대표님이라고요?"

박상수 계장은 너무 놀라 말까지 더듬었다.

"예, 명성전자 대표님이십니다. 저는 주현노 변호사라고 합니다. 사건을 검토해 보니까 문제점이 여기저기 보이는데, 정확하게 조사를 하신 것입니까?"

주현노 변호사의 말에 박상수의 얼굴이 똥 씹은 표정으로 변했다.

'이 새끼가 날 엿 먹이려고 작정했구나.'

그는 나를 쳐다보며 뭔가 말하려고 했지만 침을 삼킬 뿐 입 밖으로 내뱉지는 않았다.

변호사가 개입되면 일은 복잡해지고 잘못하면 자기까지 곤란해질 수 있었다.

"앉아서 이야기하시죠. 여기 계신 대표님에게 어느 정도 말씀을 드렸지만 현장 조사는 당연히 했습니다. 청일산업에서 주장하는 것이 그러니까, 납품에 문제가 있어서 좀 원만하게 해결하자, 뭐 이런 뜻이죠."

주현노 변호사의 등장에 박상수가 당황하는 것이 눈에 보였다.

그때였다.

한 남자가 수사과에 들어오더니 주현노 변호사를 아는 척하며 우리 쪽으로 다가왔다.

"아니! 주 변호사님 아니세요?"

그는 다름 아닌 영등포경찰서의 김용재 수사과장이었다.

박상수의 상관이자 수사과를 총괄하고 있는 인물로 경정 계급이었다. 경위 계급인 박상수보다 두 단계 위의 계급이다.

"어! 김 과장, 여기로 발령받은 거야?"

주현노는 김용재를 반갑게 맞이했다.

"예, 작년 말에 이곳으로 옮겼습니다. 한데 여기는 어쩐 일이세요?"

그는 작년까지 서대문경찰서에서 근무했었다.

"여기 계신 의뢰인의 고소 건으로 방문한 거지. 인사하시죠? 여기 제가 잘 알고 지내는 김용재 수사과장입니다. 이분은 명성전자 대표님이시고."

주현노는 나를 김용재 수사과장에게 소개했다.

굳이 그럴 필요는 없었지만 앞에 있는 박상수에게 무언의 압력을 가하려는 행동이었다.

나는 자리에서 일어나 김용재에게 인사를 건넸다.

"강태수라고 합니다."

"하하! 이렇게 젊은 분이 사업을 다 하시네요. 김용재라고 합니다. 여기 계신 주현노 변호사님을 존경하는 형님으로 모시고 있습니다. 실력이 아주 뛰어난 분이십니다."

"예, 저도 그렇게 알고서 선임했습니다."

우리의 대화를 듣고 있는 박상수의 눈동자가 불안한 듯 흔들렸다.

"박 계장, 잘해드려. 중앙지검에서 칼날이라고 불리셨던 분이셨어. 잘못하면 큰일 나."

"예, 물론입니다. 서류를 보니까 명성전자가 잘못한 게 보이지 않습니다."

박상수의 입에서는 주인에게 꼬리를 흔드는 개처럼 이전과는 다른 대답이 나왔다.

빠르게 상황 파악을 한 것이다.

"주 변호사님, 일 보시고 저녁때 시간 되시면 소주 한잔 하시죠?"

"그래, 연락할게."

"그럼 잘 해결하고 가십시오."

김용재 수사과장은 나에게 인사를 하고는 자신이 가려고 했던 곳으로 발걸음을 옮겼다.

"예, 감사합니다."

주현노 변호사와 김용재 수사과장의 뜻밖의 등장은 모든

상황을 백팔십도로 바꿔놓았다.

그 순간에 맞추어 나는 박상수 계장에게서 건네받은 사진을 주현노 변호사에게 보여주었다.

"이 사진에 찍힌 날짜를 보시면 우리가 청일산업에 납품한 날에 찍은 사진입니다. 영등포경찰서에 고소 건이 접수되기도 전에 찍은 사진입니다. 더욱이 사진처럼 중고 제품이 설치되었다면 바로 연락을 취해야 하는데, 3일 뒤에나 저희에게 연락하여 중고 제품이 장착되었다고 이야기를 했습니다."

내 말에 박상수가 크게 당황한 눈빛이었다. 이 사진을 자신이 찍었다고 말했기 때문이었다.

"확실한 증거가 되겠습니다. 이 친구들, 이거 허점투성이였네요. 이 사진은 어디서 나신 것입니까?"

주현노가 사진의 출처를 물었다.

"여기 계신 박상수 계장이 현장에 나가서 찍은 사진이라고 보여주신 걸 하나 얻은 것입니다."

내 말에 박상수는 술을 마신 사람처럼 얼굴이 벌겋게 달아오르며 크게 당황했다.

"박 계장님이 사진을 찍으셨다고요?"

주현노 변호사가 박상수를 쳐다보며 물었다.

"아! 그게… 정말 죄송합니다. 후! 사실 제가 찍은 게 아니라 청일산업에서 가져온 사진입니다. 이놈들이 아주 절 골탕 먹이려고 작정을 한 것 같습니다."

박상수는 앞에 놓인 휴지로 목덜미와 이마에 흐르는 식 은땀을 닦으며 말했다.

제대로 사진을 보지도 않고 책상 서랍에 넣어놓고만 있 었던 것이다.

"아니, 그런데 왜 이 사진을 박 계장님이 찍었다고 했습 니까? 그쪽 회사와 연관되어 있는 거 아니십니까?"

주현노의 말에 박상수는 손사래를 치며 다급하게 말했 다.

"아닙니다, 절대 아닙니다. 그냥 빨리 잘 처리하려고 제 가 욕심을 부린 게……. 정말 죄송하게 되었습니다."

그는 다시금 휴지를 꺼내어 목덜미를 닦으며 말했다.

자칫 잘못하다가는 그동안 청일산업과 연관된 일까지 불 똥이 튈 수 있었다.

"지금이라도 같이 가서서 청일산업을 조사하실 수 있습 니까?"

"물론입니다. 지금 바로 같이 가시죠. 저도 확실하게 조 사를 벌이려고 했습니다. 나가 계시면 바로 제가 나가겠습 니다."

내 말에 박상수는 자리에서 바로 일어났다.

지금 곧장 청일산업으로 향하면 창고에 보관된 메인보드를 확인할 수 있었다.

"어디다 전화라도 하고 가시려고요? 혹시 청일산업에 전화하시려는 건 아니시죠? 정 바쁘시면 다른 분과 가도 될 것 같은데요."

내 말을 박상수는 도둑질하다가 들킨 사람처럼 더욱 얼굴이 빨개졌다.

"하하하! 대표님이 농담도 잘하십니다. 바로 가시죠."

박상수는 내 말에 바로 앞으로 나서며 우리를 안내하듯 앞장섰다.

*　　　*　　　*

박상수 계장과 함께 청일산업에 도착하자마자 곧장 파란 박스가 있는 창고로 향했다.

박상수는 더 이상 청일산업과 김봉남의 일을 봐주다가는 자신의 자리까지 위태로울 수 있다고 생각했다.

"야! 빨리 저 문 열어."

박상수는 청일산업 사무실에 들어서자마자 고압적인 자세로 청일산업 직원에게 소리쳤다.

박상수와 사장인 김봉남과의 관계를 아는 직원들은 그의

이런 행동에 당황스러워했다.

"뭐 때문에 그러세요? 사장님은 좀 있다 오신다고 했습니다."

분위기를 파악 못하는 청일산업 직원이 박상수에게 물었다.

다른 사람들은 없었고 사무실에는 여직원과 남자 직원 둘뿐이었다.

"이놈들이 말귀를 못 알아들었나? 너희 사장을 만나러 온 게 아니라 사건 때문에 나왔으니까, 잔말 말고 저 문이나 빨리 열어. 최 형사, 사진기 준비했지?"

함께 청일산업에 동행한 형사에게 박상수가 물었다.

"예, 준비했습니다."

"바고 증거 확보하고 사진부터 찍어."

분위기가 심상치가 않자 청일산업 직원이 키를 가져다가 창고 문을 열었다.

나는 곧장 내가 보았던 파란 박스를 찾았다.

파란 박스는 다른 곳으로 옮겨 놓지 않고 그때 그 자리에 그대로 있었다.

"저 파란 박스 좀 끄집어내시죠?"

내 말에 청일산업 직원은 파란 박스를 꺼내놓았다. 그는 파란 박스에 뭐가 담겨 있는지 모르는 것 같았다.

역시나 파란 박스에는 드림—I에서 빼낸 메인보드와 하드가 차곡차곡 쌓여 있었다.

"이거 정말! 이 새끼들 완전히 날강도네. 최 형사, 빨리 사진 찍고 책임자 불러서 확인시켜."

"예."

박상수는 처음과 달리 완전히 다른 모습을 보여주었다.

마치 처음부터 몰랐다는 형태를 취했다.

"이놈들이 이 정도였는지 전혀 몰랐습니다. 지역에 있는 건실한 회사라 믿고 있었는데. 다시 한 번 죄송하다는 말씀을 드립니다."

박상수는 증거물이 나오자 주현노 변호사와 나에게 고개를 숙였다.

"처음부터 조사가 제대로 이루어지지 않아서 그런 것 아닙니까. 그리고 고소 건을 조사하다 보니 명성전자뿐만이 아니던데요."

주현노 변호사가 다른 사건을 입에 올렸다.

"다른 사건도 철저하게 조사하겠습니다. 걱정하지 마십시오."

그때 나를 처음 보았던 직원이 소식을 듣고는 창고로 들어왔다.

"어! 너 또 왔어? 마침 잘됐네. 박 계장님, 이놈이 우리 직원들을 폭행한 놈입니다."

그는 박상수가 자신들의 일을 봐주러 온 걸로 착각했다.

"야! 어디서 놈이라고 불러. 너 나 알아? 이 새끼들이 순 사기꾼 놈들이네. 너희 사장 어디 갔어? 너희 공갈 협박에다 사기까지 제대로 걸렸어. 최 형사, 서에 연락해서 지원 부탁하고 여기 있는 놈들 싹 다 잡아다가 조사해."

박상수의 입에서 나온 말은 자신이 기대한 답변이 아니었다.

오히려 자신을 체포한다는 말에 직원의 얼굴은 사색이 되어버렸다.

뭔가 크게 잘못된 것이다.

그때 연락을 받았는지 부랴부랴 청일산업 사장인 김봉남이 들어왔다.

"무슨 일이냐?

김봉남은 어수선한 사무실 분위기를 감지했다.

그 분위기의 원인이 다름 아닌 명성전자와 관련된 것이라는 것을 바로 알아챘다.

일이 뭔가 잘못된 것이다.

"어이! 이봐. 당신이 사장이냐?"

박상수의 말투에서 김봉남은 더더욱 그러한 분위기를 인지했다.

박상수는 마치 김봉남을 처음 본 것처럼 말했다.

"아, 예. 제가 여기 책임자입니다."

김봉남은 목소리와 자세를 낮추고 겸손하게 행동했다. 산전수전 다 겪은 그였기에 나온 행동이었다.

내가 처음 봤을 때의 모습이 전혀 아니었다.

"여기 명성전자 대표님과 변호사님도 와 계시는데, 당신 회사에 납품한 컴퓨터의 부품을 바꿔치기했더구먼."

"그럴 리가요. 제가 알기에는 그런 적이 없는데."

김봉남은 나를 보고도 뻔뻔하게 대답했다.

"여기 있는 것은 다 무엇입니까?"

나는 드림—I에서 빼낸 메인보드와 하드가 담긴 파란 박스를 가리키며 말했다.

"글쎄요. 이게 왜 거기에 있지? 여긴 직원들이 관리해서 저는 잘 모르겠네요."

김봉남은 몇 가닥 남지 않은 앞머리를 만지며 말했다.

"저를 처음 봤을 때에 보여주신 태도와는 사뭇 다르시네요."

자신과는 전혀 상관없는 일이라는 것처럼 능글맞게 말하는 김봉남의 태도에 어이가 없었다.

"직원들이 뭔가 크게 오해해서 일어난 일인 것 같습니다. 제가 좀 더 신경을 써야 했는데, 요새 일이 바쁘다 보니 일

일이 신경을 쓰지 못했습니다. 오해가 있었다면 제가 진심으로 사과드립니다."

김봉남은 뻔뻔해도 너무 뻔뻔하게 고개를 숙였다. 하지만 그의 표정에는 전혀 미안함이 들어 있지 않았다.

"이건 중대한 범죄 행위입니다. 사기와 협박에 대한 증거도 나왔으니까 철저하게 조사해서 엄하게 벌해야 합니다."

주현노 변호사가 나서며 이야기하자 그제야 김봉남의 뻔뻔한 얼굴에 변화가 생겼다.

"아마도 퇴사한 친구가 저지른 일인 것 같습니다. 평소에도 손버릇과 태도가 불량해서 퇴사시켰습니다."

김봉남은 청일산업을 그만둔 박석구에게 모든 책임을 전가했다.

그는 끝까지 자신의 잘못을 인정하지 않았다.

"그게 말이 됩니까? 고소장에는 분명 김봉남 사장님의 이름으로 접수가 되었는데 말입니다."

정말 화가 났다.

분명 모든 것을 지시하고 일을 진행한 것은 김봉남이었다. 그런데 뻔뻔한 변명으로 직원에게 모든 책임을 전가하고 있었다.

"여기서 시시비비를 가리지 말고 경찰서로 연행해서 조사하는 게 좋을 것 같습니다."

주현노 변호사의 말에 눈치를 보고 있던 박상수가 김봉남과 창고를 책임지고 있는 직원을 경찰서로 연행시켰다.

어떤 조사가 이루어질지 모르지만 김봉남을 절대 용서하지 않을 생각이었다.

반드시 법의 심판을 받게 할 것이다.

Chapter 3

 김봉남이 명성전자를 고소한 건은 취하되었고 그는 오후 늦게까지 영등포경찰서에서 조사를 받고 풀려났다.

 그는 경찰서에 도착해서도 한결같이 자신이 벌인 일이 아니며 청일산업을 퇴사한 김석구의 짓이라고 주장했다.

 자신은 납품된 컴퓨터가 나중에야 문제가 있다는 것을 확인한 것일 뿐이라는 것이다.

 더구나 김봉남은 컴퓨터에 대해서 전혀 모른다며 직원들이 보고한 대로 고소장을 접수했다는 말로 자신의 잘못을 회피했다.

모든 열쇠를 쥐고 있는 김석구의 행방과 연락처를 알 수 없었고, 김봉남이 한 짓이라는 증거가 없었기에 계속 그를 잡아둘 수 없었다.

주현노 변호사가 함께한 조사에서는 박상수 계장은 김봉남을 범죄자 다루듯 다그쳤지만, 주현노 변호사가 돌아가자 원래의 그로 돌아왔다.

"너 이번 건 어떻게 처리할 거야? 잘못되면 너 하나로 끝나는 게 아니야."

"아, 시발! 어린놈의 새끼가 사람을 완전히 갖고 놀았네. 걱정하지 마세요. 김석구, 이놈 퇴사한 후에 바로 부산으로 내려갔으니까."

김봉남은 자신의 잘못은 생각지 않고 지금 자신이 겪고 있는 일에 대해 크게 분개했다.

"더구나 변호사가 수사과장하고 잘 아는 사이야. 설렁설렁하다가 좆 되는 수가 있어. 당분간은 날 볼 생각도 하지 말고 도박장 근처도 오지 마라. 그리고 말일까지 업장에서 빌려 간 돈은 다 갚아놓고."

박상수는 담배에 불을 붙이며 말했다.

"나도 한 대만 줘요."

김봉남의 말에 박상수가 담배를 건넸다.

"후우! 형, 돈 좀 빌려줘요. 이번 건 어그러지면서 자금

회전에 빵구가 났네."

김봉남이 길게 담배 연기를 뿜어내며 말했다.

"내가 돈이 어디 있다고 그래. 형사가 얼마나 박봉인지 몰라."

"에이! 왜 이래요. 도박장에 투자한 지분하고 집창촌에도 형님 가게 있는 것 뻔히 아는데. 다음 달에 줄게요. 천만 원만 빌려주세요."

김봉남의 말에 박상수의 얼굴빛이 순간 변했다.

박상수는 명성전자 건 때문에 화가 나 있던 걸 애써 참고 있었다.

그런데 오히려 김봉남은 돈 문제로 박상수의 화를 돋우고 있었다.

"이 새끼가 오냐오냐해 줬더니 누굴 호구로 아나? 이번 달 내로 업장에서 빌려 간 돈하고 이번 건 처리 비용으로 삼백 해서 바로 입금해. 잔말하지 말고."

박상수의 표정이 변했는데도 김봉남은 능글맞게 웃으며 말했다.

"후후! 시발. 왜 그래, 선수끼리. 돈이 없는데 어디서 돈을 가져오란 말이야. 이번 건 날아간 거잖아. 그리고 내가 갖다 준 돈이 얼만데. 이번 건 그냥 서비스차원에서 해줘도 되잖아. 시바! 내가 다음 달에 공장을 정리해서 돈 주면 될 거 아니야."

김봉남은 박상수에게 아에 말을 놓았다.

김봉남과 박상수는 악어와 악어새의 관계였지 깊은 우정이나 유대관계를 맺은 사이는 아니었다.

그 관계가 명성전자 건으로 금이 간 것이다.

"허허! 이 새끼가 간땡이가 배 밖으로 튀어나왔나. 공장을 정리해서 준다고? 어디서 구라를 까? 이미 그 공장 다음 달이면 은행으로 넘어가잖아, 씨발 새끼야! 그래, 그동안의 정도 있으니까 서비스차원에서 이백만 입금하고 업장 돈은 잔말 말고 내일까지 채워놔."

박상수는 명성전자 건이 잘되리라고 예상해서 돈을 빌려주었던 것이다.

"허! 나보다 잘 알고 있네. 그럼 알겠네. 내가 돈 없다는 거. 그리고 내가 지금까지 당신한테 갖다 바친 돈이 칠천이야. 시바! 고작 천만 원 빌려달라는 걸 아까워하면 안 되지."

"너 이 새끼! 제대로 콩밥 좀 먹여줘?"

김봉남의 말에 박상수는 더는 화를 참지 못하고 소리쳤다.

"후후! 내가 콩밥 먹으면 당신도 먹어야 할걸. 내가 가만 있을 것 같아? 이왕 이렇게 된 것 잘됐네. 나한테 돈 받아

처먹은 것하고 다른 인간들한테도 졸라 많이 뜯어먹었잖아. 다 불기 전에 도박장 돈은 그냥 없던 거로 합시다. 나도 이젠 이판사판이야."

'이 새끼 안 되겠구나.'

박상수는 자신을 위협하는 김봉남과의 관계를 이젠 끊어야겠다는 판단을 내렸다.

"음, 그래. 네 말을 듣고 보니 틀린 말도 아닌 것 같네. 내가 생각해 볼 테니까 일단 돌아가고 무슨 일 있으면 연락하마."

"진작에 그러시지. 우리가 남이야? 이번 건 잘못됐지만 다음에는 확실한 건 물어올게. 그리고 공장 안 넘어가. 이런 적이 어디 한두 번이었나."

"그래, 다음에는 확실하게 하자. 가봐라."

"하여간 업장 논은 싱빌 삥까요. 내가 곧 만회하리다."

김봉남은 능글맞은 미소를 머금고 취조실을 나갔다.

그리고 얼마 뒤 담배 한 대를 다 피운 후에 박상수는 어디론가 전화를 걸었다.

"난데. 사람 좀 하나 처리하자. 죽이지는 말고 그냥 병신 만들어서 멍텅구리배(젓새우잡이 무동력 선박)나 타게 만들어라. 청일산업이라고……"

박상수는 전화를 끊고 나자 다시 담배를 입에 물고는 불을 붙였다.

길게 연기를 한 번 내뿜은 박상수는 뭔가를 떨쳐 버리듯
담배를 비벼 끄고는 밖으로 향했다.

*　　　*　　　*

나는 부산항 근처에 새로운 물류 창고를 사들이기 위해
부산으로 향했다.

도시락라면은 물론 닉스에서 생산되는 운동화들도 미국
과 러시아로 수출되고 있었기에 물류 창고는 꼭 필요한 상
황이었다.

현재 사용하고 있는 물류 창고로는 늘어나는 수출 물량
을 감당하기에 벅찼다.

도시락에서 별도로 생산량을 관리하게 된 상황이기 때문
에 물류 창고는 더더욱 필요해졌다.

부산항구에서 얼마 떨어지지 않은 곳에 괜찮은 물건이
나왔다며 한광민 소장이 연락을 해왔다.

임대한 닉스 3공장까지 관리하느라 한광민 소장은 서울
로 올라올 생각조차 하지 못했다.

때마침 부산에 신규로 오픈하는 부산 판매장도 둘러봐야
했다.

서면에 들어서는 닉스 매장은 95년에 들어설 롯데백화점 맞은편에 위치한 2층짜리 건물이었다.

건물의 위치가 부산 1호선과 앞으로 들어설 부산 2호선이 모두 지나다니는 더블역세권이었다.

원래는 여자 옷을 판매하는 매장이었지만 브랜드의 인지도가 떨어지자 판매 감소로 매장을 철수한 자리였다.

권리금 3천만 원에다 건물값까지 모두 8억 5천만 원을 주고 아예 매장을 사들였다. 대지 50평에 건평은 1층, 2층 합하여 90평이었다.

앞으로 발전 가능성이 큰 곳이었기 때문에 건물 주인이 원하는 대로 값을 주었다.

인수한 매장을 다시 홍대와 강남에 있는 닉스 판매장처럼 인테리어를 꾸몄다.

다른 브랜드에서 매장을 꾸미는 인테리어 비용보다 훨씬 많은 금액이 들어갔지만 충분히 그만한 결과를 얻어냈다.

점차 닉스 판매장과 비슷한 분위기의 인테리어를 따라 하는 업체가 늘어났다.

닉스는 한마디로 패션 트렌드를 이끌어가고 있었다.

작년보다도 닉스의 덩치는 빠르게 커졌다.

몇 주 전부터 서면 판매장 주변에 현수막과 홍보용 전단을 뿌렸다.

닉스가 부산에 상륙한다는 소식은 몇 달 전부터 패션에 관심 있는 부산 젊은이들에게 알려졌다.

닉스 신발 공장이 부산에 있었지만 판매장은 모두 서울이라 닉스 신발을 사고 싶은 사람들은 부산에서 서울까지 올라오는 수고를 하면서까지 구매해 갔다.

더욱이 부산 판매장과 함께 광주, 대구 판매장들의 오픈에 맞추어서 새로운 신제품을 내놓았다.

1998년도에 출시되었던 아디다스와 나이키의 장점과 기술력에다가 닉스 특유의 디자인을 입힌 제품이었다.

블랙 컬러 포인트와 신발 힐탭에 블루 컬러의 양가죽 레더를 트리밍해 넣어 고급스러운 이미지를 연출한 닉스—레오나와 과감하고 파격적인 형태의 해골 무늬와 함께 메시 소재로 활동성을 높인 닉스—스톤이었다.

이번 제품들은 모두 운동화 스타일이 아닌 스니커즈 형태였다.

남녀 누구나 스타일을 잘 살려 신을 수 있는 멋진 신발들이었다.

부산에는 특별하게 닉스—스톤의 일련번호 1~50번을 선착순 판매하기로 했다.

이 소식에 서울에서까지 닉스—스톤을 사기 위해서 구매자들이 부산까지 내려왔다.

아마도 오픈 당일 이른 아침부터 문전성시를 이룰 것이 뻔했다.

지금 다른 브랜드들에서 나오고 있는 스니커즈 신발들의 디자인과 품질로는 닉스를 따라오기 힘들었다.

닉스는 패션을 선도해 가는 브랜드의 이미지가 굳어져 갔고 쉽게 구매할 수 없는 점이 합해져 강력한 돌풍을 계속 이어나갔다.

내년에는 운동복을 위주로 하는 옷까지 함께 출시할 계획을 세우고 있었다.

"하하하! 오랜만이야. 강 대표가 부산 한번 내려오기 힘들고 내가 서울로 올라가기도 힘드니까, 정말 얼굴 보기가 더 힘들어졌어."

한광민 소장은 밝게 웃으며 말했다.

그도 그럴 것이 닉스 공장은 눈코 뜰 새 없이 돌아가고 있었기 때문이다.

그와 달리 주변 공장들은 점차 일감이 떨어져 나가고 있어 앞날을 걱정했다.

"그렇게 말입니다. 닉스만도 벅찬데, 이것저것 벌려놓은 게 많아서 힘드네요."

한광민 소장은 내가 명성전자와 비전전자를 관리하는 것을 알고 있었다.

더구나 블루오션이라는 통신회사에다 도시락회사까지 영역을 넓혀가는 내 모습에 감탄하며 혀를 내둘렀다.

"난 죽어도 못해. 강 대표니까 가능한 거야. 오늘 저녁에 오랜만에 진하게 한잔하자고."

"예, 저도 한 소장님과 한잔하고 싶어서 내려왔으니까요."

한광민 소장은 나의 든든한 우군이었다.

그는 나를 응원해 주었고 잘나가는 닉스에 대한 욕심을 내지도 않았다.

그저 자신의 꿈을 펼치기 위한 장소로 여겼다.

전 세계 사람들에게 자신이 만든 닉스의 신발을 모두 신게 하겠다는 꿈이었다.

그 꿈을 향해서 한광민 소장은 어느 누구보다도 열정적으로 일에 매달리며 신기술 개발에도 열을 올렸다.

그 덕분에 이번에 출신된 닉스―스톤에 적용된 밑창에 한광민 소장이 개발한 신기술이 적용되었다.

신발 밑창의 외부 가장자리 표면에 지워지지 않는 라인을 형성하게 만드는 기술이었다.

이 기술은 신발의 고급화에 부응할 수 있었고, 양산성을 크게 개선하여 저렴한 가격으로 고급 신발을 보급할 수 있게 만들었다.

이 신기술은 이미 특허를 신청해 놓은 상태였다.

"그럼 우선 물류 창고를 보고 난 후에 서면 닉스 판매장을 둘러보자고."

"알겠습니다."

나와 한광민 소장은 곧장 물류 창고가 자리 잡고 있는 범일동으로 향했다.

창고는 생각했던 것보다 더 낡아 보였다.

수리가 아닌 아예 새롭게 창고를 만들어야 하는 상황이었다.

그것 외에는 위치나 교통 조건이 모두 좋았다.

땅은 3백 평 규모였고 땅 주인은 평당 5백만 원을 요구했다.

15억 원의 자금이 소요되지만 앞으로 이 지역의 발전성을 보았을 때 나쁘지 않은 금액이었다.

문제는 300평의 땅 중에서 열 평 정도가 다른 사람의 소유라는 점이다.

땅을 팔려고 했던 주인도 낡은 창고를 부수고 다른 무언가를 해보려고 했지만, 열 평의 땅을 가진 인물이 요지부동식으로 건물을 짓지 못하게 했다.

더구나 땅을 매각하라고 수차례 요구해도 들은 체도 않

는다고 했다.

할 수 없이 땅 주인은 다른 곳에 땅을 매입해서 건물을 지으려고 했지만 생각보다 공사비가 많이 들어가자 문제의 땅을 내어놓은 것이다.

문제는 열 평의 땅이 창고 건물 중앙에 자리 잡고 있다는 점이다.

15년 전 땅 사용료를 주기로 하고 창고를 지은 것이다.

이전의 창고 주인과는 관계가 좋았던 것 같았다.

땅을 사들여서 창고를 새로 짓는다고 해도 열 평의 땅까지 매입하지 않으면 지을 수 없는 상황이었다.

"가격은 적당한데 이런 문제가 있으면 곤란하겠는데요."

"그러게 말이야. 좋은 가격에 땅이 나왔다고 해서 연락을 했던 건데. 이런 이유가 있었는지 몰랐네."

내 말에 한광민 소장 또한 동조했다.

우리에게 땅 주인을 연결해 주었던 한 소장의 지인도 이러한 사실을 모르고 있었다.

"열 평을 가진 땅 주인이 팔지도 않고 땅을 묵혀두는 이유라도 있는 건가요?"

"글쎄, 내가 듣기로는 혼자 사는 노인 양반이라고 들었는데, 고집불통이라 말이 전혀 통하지 않는다는군."

"땅은 좋긴 한데 할 수 없네요. 다른 곳을 좀 더 알아보는 것이 나을 것 같습니다. 우선 서면 매장으로 가시죠."

아쉬웠지만 땅 모두를 매입하지 않으면 무용지물이었다.

"그래, 내가 다시 알아볼게."

우리는 다시금 서면에 위치한 닉스 매장으로 향했다.

내일모레가 오픈 일이었다.

부산에도 서울처럼 닉스의 열풍을 이어나가야만 했다.

Chapter 4

닉스 서면 매장에서는 물건들이 들어와 디스플레이 작업이 한창이었다.

그러한 모습은 지나가는 사람들의 시선을 끌었고 가던 발걸음을 멈추고 매장을 쳐다보게 만들었다.

"인테리어가 잘됐네요. 서울에 있는 매장들보다 더 좋아 보이는데요."

한광민 소장이 매장 안으로 들어서며 말했다.

"하하! 부산에서 최고로 솜씨 있는 분에게 의뢰했다네. 서울에 뒤지면 안 되지. 앞으로 전국 최고의 매장으로 성장할 걸세."

한광민 소장의 자신감 있는 말이 듣기 좋았다.

그의 말처럼 부산 매장이 크게 잘됐으면 하는 바람도 있었다.

매장의 판매직원들도 모두 한광민 소장이 직접 면접을 보고 뽑았다.

"오셨습니까? 소장님."

20대 후반으로 보이는 여직원이 한광민 소장을 보자 반갑게 인사를 건넸다.

회사 부대표의 직함도 있지만 한광민은 항상 소장으로 불리길 원했다.

"오! 정 팀장. 마침 잘됐네. 인사드리게 여기 우리 닉스를 진두지휘하시는 강 대표님이시네. 여긴 서면 매장을 책임지게 될 정소영 팀장이고."

한광민 소장의 말에 정소영 팀장은 나를 보곤 깜짝 놀란 표정을 지었다.

자신이 생각했던 회사대표가 아니었던 것이다.

서면 판매장에서 일을 하게 된 직원들은 아직 나를 만나지 못했었다.

"반가워요. 강태수라고 합니다. 서면 판매장은 우리 닉스의 전략적 매장입니다. 열심히 일한 만큼 닉스는 큰 보답으로 돌려줄 것이니까 앞으로 잘 부탁합니다."

내 말은 틀리지 않았다.

닉스는 근무 환경이나 복지 혜택에서 동종 업계보다 크게 앞서 갔고, 월 급여 또한 매년 현실에 맞게 인상되었다.

그렇게 닉스는 동종 업계에서도 가장 뜨거운 이슈를 만들어내는 회사가 되었으며 젊은 디자이너들이 가장 일하고 싶어 하는 회사로 손꼽히기도 했다.

"예, 열심히 하겠습니다. 저도 닉스에서 무척이나 일하고 싶었습니다."

악수하기 위해 내민 손을 잡으며 정소영은 고개를 숙였다.

우리가 직원을 뽑는 조건은 첫 번째가 인성이다.

실력이 뛰어나도 인성이 부족한 직원은 절대 뽑지 않았다. 노안 회사에 대한 연이와 열정을 보았다.

신발을 정리하던 직원들도 모두 나에게로 와서 인사를 건넸다.

그들 모두가 자신보다 나이가 어린 대표에 놀라는 표정이 역력했다.

서면 판매장에서 일하는 직원은 모두 여섯 명이었다.

이들 모두가 십 대 일이라는 놀라운 경쟁률을 뚫고서 닉스에 입사한 것이다.

나는 그들의 사기를 높여주기 위해서 신상품인 닉스—레오나와 닉스—스톤을 각각 한 켤레씩 나눠주었다.

다들 생각지도 못한 선물에 눈이 휘둥그레지며 기쁨의 환호성을 질렀다.

각각의 신발 가격은 13만 원과 15만 원이다.

"하하하! 역시 강 대표가 내려와야 직원들이 좋아하네그래."

"그건 아닙니다. 다들 보니 괜찮은 친구들인 것 같습니다."

한광민 소장의 말에 나는 손사래를 치며 말했다.

"다들 닉스에 대한 열정이 대단하더라고. 신발에 대한 지식도 뛰어나고."

"훌륭한 직원들이 입사한다는 것은 서면 판매장의 앞날에 좋은 징조죠. 모든 판매장의 오픈이 끝난 후에 닉스 전체 단합회를 한번 해야겠습니다."

"그거 좋은 생각인데. 서울 본사직원들과 공장직원들도 서로 인사를 나누는 것도 직원들 사기에도 좋을 것 같네."

디자인을 담당하는 직원들은 때때로 부산 공장에 내려가 샘플 신발 제작을 함께했다.

하지만 그 외의 직원들은 전화로만 부산과 통화를 할 뿐이었고 왕래가 전혀 없었다.

본사나 부산 공장이나 직원들 모두 하나가 되어 함께 나아가야만 앞으로도 닉스가 발전할 수 있다.

본사직원이라는 우월의식도 없어야 하고 공장이나 판매장에서 근무한다고 해서 무시당해서도 안 된다.

닉스는 그러한 행위나 행동을 가장 우려하는 것이며 실제로 디자인실에 근무하는 직원 중의 한 명을 이런 일로 인해서 퇴사를 시키기도 했다.

나는 닉스 본사보다 부산 공장의 복지에 더욱 신경을 썼다.

공장직원들의 출퇴근을 위해서 45인용 최신형 대형버스를 2대와 35인용 버스 2대를 마련했다.

기존에는 대부분의 직원이 대중교통을 이용하여 출퇴근했었다.

기존 닉스 제1공장 내 주차장이 협소해서 승용차로 출퇴근하기도 힘들었다.

하지만 닉스 제2공장 내 주차장을 개조하고 신규로 임대한 공장 내 주차장이 늘어나자 그나마 주차 문제를 해결할 수 있었다.

닉스가 발전하는 만큼 직원들에게 돌아가는 혜택을 더욱 늘릴 예정이다.

명성전자처럼 닉스 공장 내 구내식당을 리모델링하는 작

업이 한창이었다.

또한 공장 옥상에 나무와 잔디를 깔아서 하늘정원을 만들어 직원들을 쉴 수 있는 쉼터를 만들었다.

공장 내 공간이 협소한 관계로 따로 공간을 만들 수가 없어서 나온 결과물이었다.

직원들은 달라진 근무 환경에 크게 기뻐했고 사기도 높아졌다.

서면 판매장의 준비는 완벽했다.

부산에도 닉스의 열풍이 불어닥치는 일만 남은 것이다.

서면 판매장을 나설 때 즈음 한광민 소장에게 물류 창고 부지를 소개한 지인에게서 연락이 왔다.

땅 열 평을 가진 노인이 땅을 매입하려는 우리를 만나보겠다는 말이었다.

나와 한광민 소장은 곧장 노인이 사는 곳으로 향했다.

*   *   *

노인이 사는 집은 낡고 허름한 방 두 개짜리 집이었다.

멀리 앞으로 부산 앞바다가 보였지만 높은 산동네이기도 했다.

노인은 가족 없이 혼자 살고 있었다.

우리는 노인에게 인사를 건네고 가져간 과일바구니를 내려놓았다.

　노인은 마당에 들어서는 우리를 뚫어지게 쳐다보았다. 노인의 인상은 무척 고집스러워 보였다. 듣기로는 나이가 일흔이 넘었다고 했다.

　그는 우리를 보자마자 다짜고짜 질문을 던졌다.

　"그 땅에다 뭘 지을 건데?"

　"물류 창고를 지을 겁니다. 저희 회사에서 외국으로 수출하려는 물량을 보관하는 창고로 말입니다."

　노인의 질문에 내가 답을 했다.

　"지금도 창고가 있잖아?"

　"지금의 창고는 너무 낡아서 새롭게 짓는 것이 더 좋을 것 같습니다."

　"자넨 회사 직원인가?"

　노인은 나를 보며 물었다.

　"예, 회사 직원이자 대표를 맡고 있습니다. 여기 계신 분은 우리 회사 공장을 책임지고 계시고요."

　나는 노인의 말에 최대한 성심껏 답했다.

　"젊은 친구가 벌써 회사대표면 출세했네그려."

　"예, 제 나이에 비하면 많이 출세한 셈입니다."

　"그래, 자넨 다른 사람과 달라 보여. 내 땅을 얼마에 사려고 하는가?"

깐깐해 보이는 노인의 입에서 매입하려고 하는 땅에 관해 이야기가 나왔다.

"저희는 평당 5백만 원에 매입하려고 합니다. 나머지 창고 부지를 팔려고 하시는 분도 평당 5백만 원을 요구하셨습니다."

"그놈은 그렇게 팔아도 나는 평당 5천만 원을 주면 생각해 보겠네. 특별히 자네가 마음에 들어서 생각을 바꾼 거야."

"예, 평당 5천만 원이요? 그럼 저희가 매입하려는 비용에 열 배가 아닙니까?"

"왜? 너무 비싸 보이나?"

"하하! 어르신 한두 배도 아니고 열 배는 너무 많이 부르셨네요."

옆에 있던 한광민 소장이 헛웃음을 내뱉으며 말했다.

완전히 알박기로 돈을 벌어보려는 속셈이 눈에 보였다.

"그것도 너무 싸게 부른 거야. 그 땅속에 뭐가 있는 줄 알면 말이야."

마치 치매기가 있는 노인의 말을 듣고 있는 것 같았다.

열 평 남짓한 땅속에 뭐가 들어 있는지는 모르지만 평당 5천만 원은 정말 말도 안 되는 금액이었다.

"특별한 것이라도 땅속에 묻혀 있습니까?"

나는 궁금한 척 노인에게 물었다.

"있지. 아주 특별한 것이 묻혀 있어. 이제 더는 나 혼자서 어떻게 할 수 없고 해서 이참에 자네에게 땅을 팔려고 생각했네. 이걸 보시게나."

노인은 자신의 품에서 낡은 종이를 꺼냈다.

조심스럽게 접혀 있는 종이를 펴자 종이에는 지도처럼 보이는 표시들이 그려져 있었다.

"무슨 지도 같은데요?"

한광민 소장이 물었다.

"지도이긴 하지. 하지만 그냥 지도가 아닌 보물지도이네."

"보물지도라고요?"

이번에는 내가 물었다.

"그래, 바로 자네가 사려고 하는 곳을 가리키는 보물지도 말일세."

노인의 말은 허무맹랑했다.

노인은 지금 우리가 물류 창고 부지로 매입하려고 하는 땅속에 보물이 묻혀 있다고 말하는 것이다.

"하하! 어르신께서 농담도 잘하십니다. 땅속에 보물이 있으면 직접 찾으시면 되지, 그걸 빌미로 평당 5천만 원에 판매하신다는 것입니까?"

한광민 소장은 노인을 아예 사기꾼으로 보고 있었다.

"자넨 내 말을 안 믿는군. 나도 찾고 싶었지. 하지만 여건이 안 되서 못하고 있었을 뿐이네. 그 땅은 원래 다나카 테츠시라고 일제강점기 때 부산에 거주했던 거부의 집터였네. 그는……"

노인의 말을 빌리자면 다나카 테츠시는 부산항에서 일본으로의 쌀을 공출하는 데 관여하여 거대한 부를 얻었다고 말했다.

그는 일제가 패망하면서 천황이 모든 조선의 금괴를 지하에 매장하라는 비밀 지령을 내렸고, 그때 다나카도 그동안 쌓아둔 부를 금괴와 골동품으로 바꾸어서 집터에다 묻고 서둘러 일본으로 돌아갔다는 것이다.

일제강점기 말의 한반도에서 나오는 금은 세계 4위에 해당하는 생산량이었다.

"마지막까지 확인 못 한 장소가 그 땅속이지. 동업한 친구가 배신만 하지 않았어도 일찌감치 그 땅속에 금괴를 꺼낼 수 있었을 거야."

노인과 함께 금괴를 찾기 위해 동업했던 친구가 예상한 대로 금괴가 나오지 않자 노인이 소유했던 땅을 빼고는 모두 팔아버리고 떠난 것이다.

그리고 그 자리에 지금의 창고가 들어선 것이다.

이러한 이야기는 늘 있었다.

일제강점기 때 일본 군부가 숨겨둔 금괴들이 제주도나 공주, 거제도 등 일제의 군사기지가 들어섰던 곳에 숨겨놓았다는 소문은 항상 들어왔다.

하지만 노인의 말이 모두 허무맹랑하게 들리지는 않았다. 나 또한 러시아에서 보물을 발견했기 때문이었다.

"이런 정보를 어떻게 얻으셨습니까?"

내 말에 노인은 웃으면서 말했다.

"하하하! 자넨 내 말을 믿는구먼. 역시 내가 사람을 볼 줄 알아. 다른 놈들은 내 말을 모두 허무맹랑한 이야기로 치부했지. 이 지도는 내가 일본에서 직접 다나카 테츠시에게 받아낸 것이지."

"그걸 그냥 주었다고요?"

한광민 소장이 물었다.

"자네에게는 말을 하고 싶지 않군. 난 이 젊은 친구한테만 이야기하고 싶어. 자넨 내 집에서 나가주게나."

노인은 한광민 소장에게 집 밖으로 나갈 것을 요구했다.

"하하! 뭐 그러지요. 난 차에 가서 기다리겠네."

한광민 소장은 노인의 말을 순순히 받아들였다. 그는 노인을 노망이 난 사람으로 생각했다.

한광민 소장이 집 밖으로 나가자 노인은 다시 말을 이어 갔다.

"사실 내가 유명한 도굴꾼이었지. 뒤늦게나마 내가 도굴 했던 문화재들이 일본으로 팔려가는 것이 크게 후회가 되 더군. 그래서 일본으로 직접 가서 다시 가져오려고 다나카 테츠시의 집에 몰래 잠입했는데……."

다나카 테츠시의 집에서 나온 것이 지금 우리에게 보여 주었던 지도였다.

지도는 집 안 가장 깊숙한 곳에 귀중품과 함께 보관되어 있었다고 했다.

"후후! 아직 보물을 발견하지 못한 채, 기회만 엿보다가 지금까지 왔네. 내가 너무 욕심을 부린 탓이지. 내 말을 믿 든지 안 믿든지는 자네 선택에 달린 일이네. 이 지도에는 6 톤에 해당하는 금괴가 묻혀 있다고 적혀 있네."

6톤의 금은 현재의 시세로 천억 원이 넘는 금액이었다.

노인은 친구의 배신 이후 혼자서 금괴를 발굴하려고 동 분서주했지만 혼자서는 아무것도 할 수 없었다.

"만약 제가 금괴를 발견하면 어떻게 하시길 원하십니 까?"

나는 금괴가 있다는 확신을 갖고 말하는 노인의 꿈을 깨 기 싫었다.

"그 금괴를 이용해서 외국으로 반출된 우리 문화재를 되찾아오게나. 나 또한 내가 뿌린 씨앗을 거둬들이고 싶어서 금괴를 찾으려고 했지만 이미 나는 실패했네. 내가 사람을 보는 눈이 있는데 자네라면 가능할 것 같네."

노인은 확신하듯이 말했다.

"알겠습니다. 제가 요구하신 금액대로 사도록 하지요."

나는 노인의 주장하는 대로 평당 5천만 원에 열 평을 매입하기로 결정했다.

그 땅에서 금괴가 나오든 나오지 않든 말이다.

앞으로 물류 창고 주변 지역의 발전 가능성과 땅값 상승률을 보더라도 7년 후면 그 땅은 지금 지급하고자 하는 땅값을 충분히 보상받고도 남았다.

창고 앞쪽으로 나 있는 도로가 부두 쪽으로 더욱 확장되어 땅값을 크게 상승하게 하는 요인이 되었다.

내 결정에 한광민 소장은 노인을 희대의 사기꾼으로 몰아붙였고, 그는 내 생각을 바꾸려고 노력했지만 나는 결정을 뒤집지 않았다.

Chapter 5

　물류 창고 부지의 계약은 바로 다음 날 일사처리로 끝났
다.

　전체 평수 300평 중 290평은 절충하여 14억 원에 계약을
맺고 나머지 열 평은 노인과의 약속대로 5억 원에 땅을 매
입했다.

　계약서를 쓸 때서야 노인의 이름이 정문수라는 것을 알
았다.

　계약서를 작성하고 나자 정 노인은 십수 년 동안 고이 간
직해 온 보물지도를 내게 건네주었다.

"보물은 항상 주인이 따로 있는 법이지. 하지만 너무 욕심을 부리지는 말게나. 이 나이까지 살아보니 모든 화(禍)의 근원은 욕심이었네."

정 노인은 나에게 당부하듯 말하고는 십여 년간 머물렀던 부산을 정리하고 떠났다.

정 노인은 떠나는 날 나에게서 받은 5억 원 중 절반을 그가 살던 곳 근처에 있는 보육원에 기부했다.

정 노인이 나에게 해준 말의 의미를 나는 너무도 잘 알고 있었다.

이전의 삶에서 욕심과 탐욕에 사로잡혀 스스로 인생을 마감했다.

다시 얻은 새로운 삶에는 더는 그러한 우(愚)를 범하지 않으려고 매일 채찍질하듯이 나 자신을 다그쳤다.

"자넨 참, 알다가도 모를 사람이야. 세 살 먹은 아이도 정 노인이 사기꾼이라는 것을 뻔히 아는데도 그걸 다 받아주니 말이야."

한광민 소장은 정 노인과의 계약이 아직도 못마땅한지 나를 보며 말했다.

"그래도 세상사 새옹지마(塞翁之馬)라고 했잖습니까. 정 노인의 말이 정말 복으로 돌아올지도 모르잖아요."

"참! 넉살도 좋아. 나야 자네가 결정하면 무조건 따르기로 했으니까 오늘부로는 더 이상 땅 매입에 대해서는 말을 하지 않겠네. 대신 술은 거하게 사야 해."

"그건 걱정하지 마십시오. 제가 한 소장님이 원하는 만큼 사드리겠습니다."

"하하하! 좋았어. 어제 먹지 못한 술을 오늘 작살을 내는 거야."

한광민 소장은 든든한 우군이었다.

그의 말처럼 내가 내린 결정에는 자신과 뜻이 맞지 않는 다고 해도 따라주었다.

한광민 소장의 이런 마음과 행동이 없었다면 닉스는 지금의 발전을 이루어내지 못했을 것이다.

*   *   *

예상했던 대로 서면에 들어선 닉스 판매장의 오픈 당일 날에는 신발을 구매하려는 사람들로 길게 줄이 늘어섰다.

이른 아침은 물론 밤을 지새우면서까지 몰려든 사람들은 빨리 매장으로 입장하고 싶은 마음으로 매장문이 열리기를 기다렸다.

판매직원들도 일찍부터 나와서 판매 준비를 했다.

여섯 명의 판매직원은 물론이고 부산 공장 직원들까지

지원을 나와 매장 밖 질서 유지에 애를 썼다.

이백여 명이 넘는 사람이 몰려들자 차를 타고 지나는 사람들도 그 광경에 차창 밖으로 고개를 내밀며 큰일이 벌어졌나 확인까지 하는 모습이었다.

한참을 기다렸던 사람들의 요청으로 오픈 시간은 한 시간을 앞당겼고, 혼잡한 상황을 방지하기 위해서 스무 명씩 나누어서 매장에 입장시켰다.

부산도 서울과 똑같았다.

닉스 신발을 구매하기 위해서 기다림도 마다치 않고 줄을 선 것이다.

새로 나온 신상품인 닉스—레오나와 닉스—스톤에 1~50번까지 일련번호가 적인 신발을 구매한 사람들은 환호성을 지르며 매장을 나섰다.

닉스—레오나와 닉스—스톤은 각각 천오백 켤레씩 모두 삼천 켤레를 준비했지만 하루 만에 모두 팔려 나갔다.

새로운 닉스의 바람을 일으키기 위해서 야심차게 준비했던 패션 스니커즈 또한 큰 인기를 끈 것이다.

닉스—레오나와 닉스—스톤의 인기는 비단 부산뿐만이 아니었다.

서울에 올려 보낸 만 켤레의 수량이 하루 동안 모두 품절되는 사태에 이르렀다.

닉스가 만들어내면 팔려 나가는 것은 전혀 문제가 되지 않았다.

지금까지 나온 모든 신발이 대중의 인기를 얻지 못한 것이 없었다.

닉스에서는 특정 신발이 인기가 많다고 해도 생산량을 크게 늘리지 않았다.

밤 아홉 시에 매장문을 닫아야 했지만 몰려드는 사람들 때문에 한 시간 더 연장하고서야 닫을 수 있었다.

닉스 서면 판매장의 오픈 당일 날 벌어졌던 풍경은 부산일보에까지 소개될 정도로 큰 성공을 거두었다.

하루 동안의 판매 금액도 6억 원을 넘어섰다.

*   *   *

서면 판매장의 직원들과 즐거운 회식을 하고 있을 때에 좋지 않은 소식이 도시락에게서 전해졌다.

사우디아라비아로 수출되었던 5만 상자 분량의 도시락 라면의 인도를 사우디아라비아 국가식량국에서 거부한 것이다.

국가식량국에서 인도를 거부한 이유는 도시락라면 스프에 들어간 돼지고기 성분 때문이었다.

라면 스프에는 고기 맛을 내기 위해 육류에서 추출한 농축액을 분말로 만들어 첨가하거나 고기 향미료를 넣는다.

도시락라면은 돼지 뼈와 소뼈에서 추출한 액체 성분을 농축한 후에 향신료를 첨가해 스프를 만들고 있었다.

이슬람 국가에서는 돼지를 불결한 동물로 여겨 돼지고기를 절대로 먹지 않았다.

이슬람 율법을 엄격히 지키고 있는 사우디아라비아는 더 철저하게 율법대로 행하고 있었다.

당연히 돼지 뼈에서 축출한 액체 성분이 들어간 라면도 먹을 수가 없었다.

도시락 해외영업 2팀에서 너무 성급하게 수출 상담을 성사시키기 위해서 이 상황을 놓치고 만 것이다.

모든 책임은 해외영업 2팀과 김대철 사장이 지는 상황이었지만 모른 체할 수가 없었다.

부산에 하루 정도 더 머무르기로 했던 일정을 취소하고 다음 날 바로 서울로 올라갔다.

*　　　*　　　*

도시락에 출근해 해외영업 2팀이 사용하는 사무실을 지났다.

한동안 뜨거운 열기로 가득했던 해외영업 2팀은 찬물을 끼얹진 것처럼 침울하고 무거운 분위기였다.

의자에 앉아 있는 직원들도 다들 까칠한 얼굴로 보아 집에도 들어가지 못한 채 대책을 세우고 있는 것 같았다.

지금도 회의실에는 불이 켜져 있었다.

내가 사무실로 들어서자 나에게 연락을 주었던 해외영업 1팀의 조상규 과장이 싱글벙글한 표정으로 들어왔다.

"2팀 분위기 장난이 아닙니다."

"얼굴에 좋아하는 티가 너무 나시네요."

"대표님이 뭐라 하셔도 전 너무 기쁩니다. 남 잘되는 꼴을 보지 못해서 훼방하고 방해만 놓던 사람들입니다. 막상 자기들이 잘나가게 되자 아예 저희를 대놓고 무시하기까지 했습니다. 차마 이런 이야기까지는 말씀드리지 않으려고 했는데, 조만간 도시락이 대표가 김경렬 부장이 된다고 떠드는 것까지 들었습니다."

조상규 과장의 말처럼 해외영업 2팀이 연달아 수출 건을 성사시키자 김대철 사장은 김경렬 부장을 이사로 승진시키려는 생각을 내비쳤다.

아무리 수출 건을 성사시켰다고 해도 너무 이른 판단이었다.

그런 말이 나온 이유는 도시락에서의 나의 위치를 흔들

어놓음으로써 회사 내의 영향력을 감소시키기 위해서였다.

도시락 본사 직원들 중 절반만이 나를 따르고 있었지만, 생산을 담당하는 이천 공장은 절대적으로 나를 신뢰하고 지지했다.

그러한 공장의 분위기를 김경렬 부장이 캐치해서 김대철 사장에게 보고했고 그러한 공장 분위기를 김대철은 바꾸길 원했다.

김대철 사장은 처음과 달리 김경렬 부장을 앞세워 도시락을 완전히 자신의 것으로 하려 했다.

"모든 일에는 순서가 있고 순리를 따라야 합니다. 그걸 어기고 강제로 이끌려고 하면 오히려 역효과를 얻게 됩니다."

"대표님의 말씀이 맞습니다. 지금 2팀이 그 꼴이 난 거지요."

"대책은 마련했다고 합니까?"

사우디아라비아로 수출했던 도시락 5만 상자가 그대로 사우디아라비아 최대 무역항구인 제다에 묶여 버렸다.

"우리 쪽에는 전혀 말을 해주지 않습니다. 우연히 팩스로 들어온 내용을 보지 않았다면 대표님께 보고도 드리지 못했을 것입니다."

회사에 늦게까지 남아 러시아 수출 건을 정리하던 조상

규 과장이 사우디아라비아 국가식량국에서 보내온 팩스 내용을 읽게 된 거였다.

김경렬 부장은 아직 이 사실을 김대철 사장이나 나에게 보고조차 하지 않고 있었다.

*　　　*　　　*

해외 2팀은 밤새 대책을 논의했지만 뚜렷한 해결책이 나오지 않았다.

"야! 이걸 어떻게 책임질 거야?"

끝내 참고 있던 화가 폭발했는지 김경렬 부장이 서류철을 회의 테이블 위로 집어 던지며 말했다.

회의실에 함께하고 있는 사람들 모두가 꿀 먹은 벙어리가 되었다.

사우디아라비아의 수출 건에 대해 최종적인 검토와 결정을 내린 사람은 다름 아닌 김경렬 부장이었다.

좀 더 상황을 지켜보고 결정하자는 최성규 대리의 의견을 받아들이지 않았고, 빠르게 일을 진행한 것이 문제였다.

국내에 다른 라면 회사들도 중동국가로는 수출을 진행한 적이 없었기에 라면 수출과 관련된 문제가 노출될 수 있었다.

한마디로 중동의 라면 수출에 관한 선례가 될 만한 것이 없었다.

다만 인도네시아에서 1년 전 중동에 라면을 수출했던 적이 있었지만, 그 라면에는 닭고기로 만든 농축액을 사용하여 문제가 되지 않았었다.

도시락라면 스프에 들어가는 돼지고기 성분까지 누구도 세세하게 신경을 쓰지 않은 것이다.

"돼지고기 성분만 빼고 스프를 만들면……."

김경렬 부장의 심복인 전승환 과장이 말을 꺼내려고 할 때에 서류철이 그에게 날아왔다.

"야아! 그럼 라면을 무슨 맛으로 먹어. 고기 국물 맛 때문에 도시락라면이 선택된 건데. 넌 라면 회사에 들어와서는 공부를 안 한 거야?"

도시락라면에는 돼지고기 뼈와 소고기 뼈의 진액이 7 대 3 비율로 들어갔다.

돼지고기를 빼려면 완전히 새로운 라면을 개발해야만 했다.

더구나 스프 배합이 조금이라도 바뀌면 기존의 라면 국물의 맛이 달라졌다.

소뼈나 아예 소고기만으로도 진액을 만들 수 있었지만 그렇게 되면 비용이 많이 들어가 가격 상승의 요인이 된다.

더구나 사우디아라비아 국가식량국은 돼지고기가 들어

가지 않는다는 스프 분석 서류까지 요구해 왔다.

도시락라면 스프의 성분을 바꾼다는 것이 몇 달 내로 해결할 수 있는 문제가 아니었다.

"아! 정말! 방법이 없는 거야? 여기까지 와서 일을 망칠 거냐고?"

김경렬 부장은 자신들의 팀원들을 닦달했다. 하지만 다들 꿀 먹은 벙어리가 되어버렸다.

"전 과장만 남고 다들 나가."

김경렬 부장의 말에 네 명의 인물이 어두운 표정으로 회의실을 나갔다.

"다른 방법은 없다. 국가식량국에서 요구한 스프 성분분석표를 국립보건안전연구원에 가서 어떻게든 만들어 와. 그리고 5만 상자를 새로 다시 보낸다고 현지에 연락하고, 그다음 네가 직접 제대로 날아가서 물건을 바꿔치기해. 내가 부산에서 빈 박스로 5만 상자를 보낼 테니까."

사우디아라비아의 국가식량국은 스프 성분분석표를 공신력 있는 국가기관에서 분석한 것을 요구했다.

지금의 식품의약품안전처 전신이 국립보건안전연구원이었다.

이곳에서 식품영양안전과 식품첨가물 관한 것을 처리했다.

"그럼 제다에 묶여 있는 5만 상자를 그대로 이용하자는 말씀입니까?"

김경렬이 말하는 바를 전승환은 바로 알아들었다.

한마디로 거짓으로 스프 성분분석표를 만들어 사우디아라비아 국가식량국으로 보낸 후에 도시락라면이 들어 있지 않은 빈 박스 5만 개를 실제 도시락라면 5만 박스로 꾸며 제다항구로 보내겠다는 생각이다.

그다음 현지 항구에 묶여 있는 도시락라면 5만 박스와 바꿔치기해서 문제를 해결하려는 것이다.

다시 보내는 빈 5만 박스에는 돼지고기가 들어 있지 않은 스프를 사용한 도시락라면이라는 서류도 완벽하게 갖추어서 말이다.

한마디로 눈 가리고 아웅 하겠다는 생각이다.

"지금은 그 방법밖에 없어. 일단 시간을 벌어놓고 생각하자. 혹시 모르니까 한 백 상자는 실제 라면을 집어넣고."

"후! 이번에도 잘 넘어갈까요?"

한숨을 내쉬는 전승환은 왠지 불안했다.

예전 주방 용품을 동남아로 수출할 때 써먹었던 방법이었다.

하지만 그때와는 상황이 많이 달랐다.

"한두 번 해봐. 그리고 사우디 애들이 먹는 게 아니잖아.

너 이번 건 해결하고 돌아오면 차장 자리는 따놓은 거야. 네가 못한다면 최 과장을 보내지 뭐."

최수철 과장은 김경렬 부장이 이번에 도시락으로 새롭게 불러들인 인물이었다.

"아닙니다. 제가 가겠습니다."

"그래야지. 이번 건만 잘 넘어가면 이 회사는 우리 손에 떨어진다. 바로 스프 성분분석표를 만들 수 있게 조치하고 박스 공장에 연락해서 빈 박스부터 빨리 수배해."

김경렬의 말에 해외영업 2팀은 다시금 바빠졌다.

김경렬은 바로 눈앞에 보이게 된 도시락 대표 자리를 놓치고 싶지 않았다.

이미 김대철 사장과 그에 관해 모든 이야기를 나눈 상태였다.

그래서 더욱 이번 일을 어떻게든 잘 처리해야만 했다.

Chapter 6

　해외영업 2팀은 끝내 나에게 사우디아라비아 건을 보고
하지 않았다.

　문제는 사우디아라비아만이 아니었다.

　중동뿐만 아니라 이슬람 국가에 수출을 진행하려면 도시
락라면의 스프 성분을 아예 바꾸어야만 했다.

　이러한 행위에 나 또한 스스로 나서서 2팀을 도울 생각이
없었다.

　이젠 그들 자신이 해결해야 할 문제였다.

　해외영업 2팀의 문제만 빼고는 도시락은 승승장구하고

있었다.

러시아로 수출되는 도시락라면은 없어서 못 팔 지경이었다.

모스크바의 판매점들뿐만 아니라 페테르부르크(레닌그라드), 노보시비르스크 등 여러 도시의 판매점에서 도시락라면을 요청하고 있었다.

한때 레닌그라드로 불렸던 페테르부르크는 쿠데타 실패 이후 원래의 이름을 되찾았다.

페테르부르크는 러시아에서 두 번째로 큰 도시이자 510만 명의 인구를 가진 도시로 인구가 많은 곳이다.

이곳까지 도시락라면이 파고들면서 러시아인의 입맛을 사로잡았다.

정말이지 도시락라면의 생산량이 아쉬울 뿐이다.

이익이 남지도 않은 중동 수출 건과 김대철 사장이 눈앞에 보이는 이익만 따지지 않았다면 도시락은 더욱 건실하게 판매량과 이익을 늘릴 수 있었을 것이다.

　　　　*　　　*　　　*

업무를 마치고 도시락을 나설 때 즈음 롯데백화점의 김은미에게서 연락이 왔다.

모스크바에서 도움을 줬던 일로 인해서 몇 번 식사하자는 것을 매번 일을 핑계 삼아 거절했었다.

이번에는 중요한 비즈니스 때문이라는 말을 앞세우며 만나기를 원했다.

오늘은 특별히 바쁜 일정이 없었기에 김은미를 만나기로 했다.

계속 거절하기도 난감했다.

김은미가 근무하는 곳도 명동이었기에 명동에서 약속을 잡았다.

약속 장소에 나가자 김은미는 혼자가 아니었다.

사람들의 시선을 확 끄는 미인이 그녀의 옆에 서 있었다.

"대표님 얼굴 보기 정말 힘드네요. 오늘도 거절하셨다면 회사로 쳐들어갈 생각도 했다니까요."

김은미는 나를 보자마자 그동안 내가 거절했던 것에 대한 서운함을 토로했다.

"미안합니다. 그동안 밀린 일이 너무 많아서 시간을 내기가 힘들었습니다."

그녀의 말에 나는 뒷머리를 매만지며 말했다.

"이해해요. 대표님이야 워낙 바쁜 분이시니까요. 제가 맛있는 거 사드리려고 정말 벼렸다니까요. 아! 그리고 제가 미처 말씀드리지 않고 혹을 달고 나왔어요. 인사해. 내가 말했던 강태수 대표님."

김은미의 말에 여자는 수줍게 고개를 숙이며 말했다.

"안녕하세요. 은미 언니의 사촌 동생 김상희라고 합니다. 제가 괜히 따라 나왔는지 모르겠습니다."

흰 피부 위로 진한 눈썹과 큰 눈을 가진 단아한 모습의 보기 드문 미인이었다.

김상희는 김은미가 저녁을 사준다는 말에 불려 나온 것이다.

그녀는 김은미를 만나고 나서야 나를 만난다는 것을 알았다.

'이거 소개받는 자리 같은데……'

"아닙니다. 둘보다는 셋이 함께하는 게 좋지요."

"대표님이 그렇게 말씀하시니 제가 마음이 편하네요. 강대표님께 사전에 아무런 말씀을 드리지 않고서 동생을 불러서 조금 부담되었거든요. 저리로 가시죠. 제가 저녁 예약을 해놓았어요."

"예, 알겠습니다."

김은미의 말에 나는 그녀의 뒤를 따랐다. 그녀가 안내한 곳은 롯데호텔 내에 위치한 다비드 뒤땅이라는 고급 레스토랑이었다.

예약된 곳은 명동 주변이 한눈에 내려다보이는 자리였다.

저녁때가 되자 수많은 발걸음이 명동으로 향하고 있었다.

"이곳은 송아지 스테이크가 정말 일품이에요. 롯데호텔에서 특별히 파리에서 유명한 쉐프를 스카우트해서 데려왔거든요."

롯데백화점 이사 자리에 있는 김은미는 일반 사람들이 쉽게 접하지 못하는 요리나 특별한 장소를 즐겨 찾았다.

김은미가 말한 쉐프 추천 특별 송아지 스테이크 코스의 가격이 거의 닉스 신발 가격과 비슷한 수준이었다.

보통 직장인이 이곳에 와 식사하기에는 부담되는 가격이었다.

"저는 아무거나 괜찮습니다."

"그럼 와인 한 병하고 이걸로 주문할게요. 너도 괜찮지."

"어, 괜찮아."

김은미는 김상희를 바라보며 물었다.

그녀가 동의하자 종업원이 주문을 받기 위해 다가왔다.

종업원은 김은미를 알아보며 반갑게 인사를 건넸다.

비즈니스 차원에서도 김은미는 다비드 뒤땅을 자주 찾았다.

"대표님 덕분에 러시아에서 무사히 빠져나오고 나서야 이 나라가 얼마나 고마운지 알게 되었어요. 나라가 안정되어야 국민들도 편안함 삶을 살아간다는 것도요. 그리고 정말 러시아에서는 고마웠습니다."

말을 마친 김은미는 가방에서 작은 상자 하나를 꺼내어 내게 내밀었다.

"이게 뭐죠?"

"러시아에서 구해주신 보답이에요. 더 좋은 것을 드리려고 많이 생각했는데, 이게 제 눈에 들어왔네요. 부담 갖지 마세요. 그리 비싼 제품은 아니니까요."

"이런 걸 받자고 말씀드렸던 게 아닌데."

"알아요. 제가 이런 대표님의 마음 씀씀이 때문에 대표님을 좋아한다니까요. 어서 뜯어보세요."

김은미의 나이는 삼십 대 초반이었다.

내가 만약 자신과 비슷한 나이라면 적극적으로 다가왔을 것 같은 뉘앙스였다.

선물상자를 뜯자 손목시계가 나왔다.

국내에서 예물시계로 크게 인기를 끌고 있는 명품시계 중의 하나인 오메가였다.

예물시계보다 심플한 디자인으로 새롭게 출시된 최신 제품으로 가격이 이백만 원을 넘어서는 시계였다.

웬만한 월급쟁이의 석 달 치 월급에 해당하는 금액이었다.

"이거 너무 비싼 선물인데요."

솔직히 시계는 마음에 들었지만 부담되었다.

"아니에요. 대표님의 나이에 어울릴 만한 심플한 디자인으로 그 제품을 선택한 거예요. 마음 같아서는 더 좋은 것으로 해드리고 싶었다니까요. 마음에 들지 않으시면 바꾸셔도 돼요."

"아닙니다. 무척 마음에 듭니다. 잘 차고 다니겠습니다."

부담은 되었지만 김은미의 호의를 거절하지 않았다.

이런저런 가벼운 안부를 묻는 사이 주문했던 요리가 나왔다.

스테이크를 가져온 사람은 종업원이 아닌 주방을 책임지고 있는 프랑스에서 스카우트한 쉐프였다.

위고란 이름의 쉐프는 김은미와 친분이 있어 보였고 우리 모두에게 와인을 직접 따라주며 요리에 대해 간단히 설명해 주었다.

그의 설명을 김은미가 통역했다.

김은미는 프랑스어도 상당히 유창했고 현지인처럼 자연스러웠다.

위고가 자신 있게 설명한 송아지 스테이크는 정말 부드럽고 맛이 특별했다.

"불어가 참 유창하시네요?"

"아, 예. 제가 프랑스에서도 패션 공부를 했었거든요. 말이 나온 김에 강 대표님께 부탁드릴 것이 있습니다."

"저에게요?"

"예, 사실 여기 있는 사촌 동생을 데리고 나온 이유도 됩니다. 동생은 홍익대학교 패션디자인과를 조기 졸업한 후에 프랑스의 파리의상조합에서 공부를 마치고 돌아왔어요. 국내 패션 업체뿐만 아니라 프랑스 유명 의류 업체에서도 입사 제의를 받은 영특한 아이예요. 자신의 이름을 걸고 옷을 만들기 전에 실무 경험을 쌓고 싶어 해서 제가 닉스를 추천했습니다. 그래서 대표님께 이 자리에서 상희를 보시고 닉스에서 필요한 인재라면 한번 일할 수 있게 해주시면 좋겠습니다."

김은미가 말한 파리의상조합은 이브생로랑, 장폴고티에 등 세계적인 패션 디자이너들을 배출한 곳으로 유명한 패션학교다.

세계 4대 패션 컬렉션 중 하나인 파리 패션 위크를 주관하기도 한다.

1930년 프랑스 일류 디자이너들의 모임에서부터 시작된 파리의상조합은 스틸리즘(디자인 위주)보다는 모델리즘(제작 위주)에 중점을 둔 교육을 추구한다.

빠르게 패션 동향이 바뀌는 패스트 패션 시대에 의상조합은 전통적인 모델리즘 방식을 고수하고 매 시즌별로 큰

하우스들의 컬렉션 동향을 파악해 뒤떨어지지 않는 디자인을 배울 수 있도록 스탈리즘을 가르친다.

이 때문에 전 세계에서 디자이너를 꿈꾸는 학생들이 몰려들었다.

4년 정규과정을 마치고 졸업할 때에는 마스터1(석사 1년) 과정에 준하는 학위를 받는다.

김은미가 말한 내용이 사실이면 김상희는 상당한 실력을 갖춘 인재였다.

"능력이 뛰어난 분 같은데 저희 닉스보다는 더 좋은 곳이 어울리지 않을까요? 저희는 이제 1년밖에 안 된 신생 회사라서요."

실력 있고 능력 좋은 인재는 항상 필요하다.

하지만 프랑스에 유학까지 갔다 온 친구가 굳이 닉스 같은 신생 회사에 오려고 할까 하는 생각이 들었다.

"제가 닉스에서 출시한 모든 신발을 보여줬거든요. 그리고 오늘 상희가 닉스에서 나온 신상 제품인 닉스—레오나를 신고 왔는데 못 보셨나요? 그리고 제가 상희에게 먼저 이야기를 꺼냈지만 며칠 전부터 상희가 닉스에서 일을 해 보고 싶다는 말을 계속했거든요."

김은미의 말에 김상희는 살짝 미소를 지었다.

그녀는 우리 두 사람의 이야기를 묵묵히 들으며 식사를

했다.

"아! 제가 미처 못 봤습니다. 저야 훌륭한 인재가 입사한다면 언제든지 환영합니다. 한데 디자인실에 입사하기 위해서는 저희 디자인실장의 면접을 통과해야 합니다. 저보다 회사 내에서 파워가 세거든요."

사실이었다.

디자인실의 모든 책임을 쥐고 있는 사람은 정수진 실장이었다.

내가 닉스의 대표지만 그녀의 권한을 절대 넘어서지 않았다.

"물론! 당연히 그래야죠. 저도 다른 사람과 입사 조건은 같아야 한다고 생각합니다."

김은미는 레드와인을 입으로 가져가며 말했다.

"한데 왜 우리 닉스로 들어오길 원하는지 물어봐도 될까요?"

내 말에 김상희가 눈을 반짝거리며 입을 열었다.

"충격을 받았어요. 국내는 물론 해외에서도 닉스와 같은 디자인과 실용성을 동시에 갖춘 신발을 보지 못했습니다. 사실 국내에서 나오는 신발이나 옷들은 해외 유명 디자이너들이 만든 제품을 카피하는 제품이 많습니다. 그러한 관행은 대기업이라고 피해 가지는 않고요. 한데 닉스는 전혀 그러한 모습을 볼 수가 없었습니다. 독창적인 디자인에 색상 패턴까지 모두가 새로웠습니다. 한마디로 너무나 놀라웠습니다."

사실 김상희는 처음에 김은미의 말에 콧방귀를 꼈다.

국내에서 만들어지는 패션 상품 대다수가 해외 유명 패션 제품들을 카피하거나 색상이나 모양만 살짝 바꾸어서 만들어내고 있었다.

그것은 김상희의 말처럼 대기업 제품이라고 해서 독창적인 자신들만의 제품을 내어놓는 것이 아니었다.

이러한 베끼기는 손쉽게 대중들이 요구하고 좋아하는 제품을 만들어내고, 회사에도 손실을 주지 않기 위해서 벌어지는 관행이었다.

또한 창의적인 패션 교육에 대한 부재와 디자인에 대한 투자 부족에서 나온 결과물이기도 했다.

지금 시대는 디자인보다는 기술 개발과 제조 기술에 더욱 힘을 쓰고 있었다.

내년에 신발뿐만 아니라 '닉스프리(NIX—Free)'라는 이름으로 스포츠 운동복을 출시할 예정이었기에 의상디자인을 공부한 김상희가 필요하긴 했다.

"저희 제품을 좋게 봐주셨다니 고맙습니다. 사실 저희가 내년에 신발뿐만 아니라 운동복도 출시할 계획을 하고 있습니다. 아직 여러 가지 준비 단계에 있습니다만 닉스라는 브랜드를 더욱 알리기 위해서는 신발만으로는 부족하다는 생각을 가지게 되었습니다. 그래서……."

나는 닉스프리에 관한 대략적인 이야기를 두 사람에게 해주었다.

닉스프리는 운동복뿐만 아니라 더 나아가 청바지 등 패션브랜드로 성장시킬 예정이었다.

그렇기 위해서는 실력과 재능이 뛰어난 디자이너를 찾아야 했다.

"역시 강 대표님은 항상 뭔가를 가지고 있으세요. 저희에게도 좀 닉스를 입점시켜 주세요."

김은미는 내 이야기를 듣고는 다시금 닉스에 대한 욕심을 드러냈다.

"죄송합니다. 아직 신세계백화점과 계약이 끝나지 않아서요."

"아! 정말 그 점이 아쉽다니까요. 제가 진작에 강 대표님를 찾아뵈었어야 했는데."

김은미가 아쉬움을 토로하는 사이 나의 이야기를 들은 김상희의 표정에는 닉스에 대한 자신의 판단이 옳았다는 확신이 보였다.

"제가 닉스프리에 대한 포트폴리오를 가지고 입사 면접

을 보고 싶습니다."

김상희는 닉스프리를 자신이 런칭하고 싶다는 욕심이 생겼다.

"음, 그것도 나쁘지 않네요. 시간은 얼마나 드릴까요? 준비하시는 데 꽤 시간이 필요하실 것 같은데."

"열흘만 주세요. 이미 생각해 놓은 것도 있고 해서요. 닉스의 명성에 어울릴 만한 디자인으로 준비하겠습니다."

김상희는 자신감 있게 말했다.

그도 그럴 것이 그녀는 파리의상조합에서 최우수 점수로 졸업했다.

5년 뒤 전 세계의 젊은이들에게 선풍적인 인기를 끌게 된 닉스프리(NIX—Free)와 NIX&Craft를 만들어낸 세계적인 디자이너와의 첫 만남이었다.

*　　　*　　　*

김은미와 김상희와의 만남은 정말 유쾌했다.

특히나 김은미의 사촌 동생인 김상희의 인연은 특별한 느낌이 들었다.

닉스가 한 걸음 더 나아가기 위해서는 창의적인 인재들이 필요하다.

틀에 갇혀 있거나 지시사항만 잘해내는 인물은 어느 정도 성장한 후에는 한계에 부닥칠 수밖에 없다.

자신의 틀을 깨고 나오는 인재들이 닉스는 물론 명성전자나 블루오션에도 입사해서 변화를 주도해야 한다.

두 사람과의 만남이 있었던 후 며칠 뒤에 영등포경찰서에서 연락이 왔다.

청일산업의 김봉남 사장이 회사에도 출근하지 않고 연락도 되지 않는다는 소식과 함께 증거물로 경찰서에 보관하고 있던 메인보드와 하드를 가져가라는 것이다.

수사를 담당했던 박상수 계장은 김봉남이 자신에게 불리한 증거와 증언이 나오자 잠적한 것 같다는 말을 덧붙였다.

사건의 중요 인물인 김봉남이 사라지자 청일산업 고소건은 흐지부지 끝날 분위기였다.

특별히 명성전자는 청일산업 건으로 손해가 난 것은 없었다.

납품하기 전에 이미 절반의 돈을 계약금으로 받았고, 받지 못한 나머지 절반의 돈은 납품했던 드림—I로 되찾아왔다.

김봉남 사장이 사라지자 청일산업의 직원들은 일손을 모두 놓고는 제각기 먹고살 궁리를 하고 있었다.

청일산업의 직원들은 두 달간 월급이 밀린 상태였었다.

청일산업 건 때문에 알게 된 주현노 변호사는 아예 명성전자와 닉스를 비롯한 나머지 회사들의 고문변호사로 위촉했다.

청일산업 건처럼 분쟁 소지에 대해서 대비를 해야만 했다.

이후 기업이 더 커지면 특허 분쟁까지 전담하는 법무팀도 사내에 만들 생각이다.

계약서를 작성하던 날 주현노 변호사는 내가 대표를 맡고 있는 회사가 명성전자만이 아니라는 사실에 무척이나 놀란 모습을 보였다.

스무 살의 나이에 중견 회사로 커 나가고 있는 명성전자의 대표를 맡은 것도 대단한데, 그와 비견되는 닉스를 비롯하여 비전전자와 블루오션까지 대표를 맡고 있다는 것은 우리나라에서나 외국에서도 그 유례가 없는 일이었다.

현재 내부 문제가 도출되고 있는 도시락은 향후에 계약을 하기로 했다.

Chapter 7

　김만철은 태백산 한 자락에서 뻗어 나온 깊은 계곡 주변
을 걷고 있었다.

　옆으로는 바로 마셔도 상관없을 만큼 맑고 깨끗한 계곡
물이 흘러내렸다.

　유독 이 지역은 산세가 험하고 일반 사람들의 발걸음을
거부하는 지역이었다.

　산으로 들어서는 길목에는 일반인의 입산을 통제한다는
경고 문구가 적혀 있었고 주변에는 철조망까지 쳐져 있었
다.

정상으로 향하는 길목에는 수십 년 된 나무들과 수백 년도 더 되어 보이는 아름드리 거목들이 어우러져 울창한 숲을 이루었다.

"남한에도 아직 이런 곳이 있었네."

김만철이 훈련했던 개마고원은 하늘을 볼 수 없을 정도로 울창한 숲이 넓은 바다처럼 끝없이 펼쳐진 곳이었다.

지금 이곳의 풍경은 그에 비견될 정도로 아름답고 숲이 우거져 있었다.

15분 정도 더 올라갈 때였다.

'음, 확실히 따라붙었군.'

누군가 뒤를 따른다는 느낌이 들었다.

김만철은 모른 척하고 발걸음을 옮기려고 하자 앞쪽에서 평범하지 않은 인물이 모습을 드러냈다.

"어디를 가십니까? 여긴 개인 사유지입니다."

"아! 예. 약초를 캐다가 길을 잃어서요."

김만철은 미리 준비한 약초 자루를 내보이며 말했다.

"저쪽 길로 15분 정도 가다가 오른쪽으로 꺾어서 내려가면 마을로 내려갈 수 있을 것입니다."

"아, 네. 한데 저리로 가면 길은 없습니까? 알려주신 대로 가면 한참을 돌아가야만 할 것 같아서요."

"없습니다."

이십 대 후반으로 보이는 사내는 냉담하게 반응했다.

'음, 위쪽에 뭐가 있는 것 같은데.'

"알겠습니다. 저리로 가는 게 맞지요."

김만철이 확인하듯 말하자 사내는 대답하지 않고 고개만 끄떡일 뿐이었다.

김만철은 사내의 시선을 받으며 그가 가르쳐 준 길로 들어섰다.

사람이 다녔던 흔적이 있는 길은 사내의 말처럼 앞쪽으로 길게 이어져 있었다.

김만철은 천천히 길을 따라 걸었다.

걸어가는 내내 누군가 계속해서 지켜보고 있다는 느낌이 들었다.

김만철은 노래를 흥얼거리며 자연스럽게 행동했다. 10분 정도 지나자 김만철을 지켜보던 시선이 사라졌다.

그걸 확인하자마자 김만철은 빠르게 움직이기 시작했다.

날쌘 표범처럼 사람이 지날 수 없는 숲으로 들어가 빠르게 정상으로 향했다.

일반인이 낼 수 없는 속도로 정상에 올라선 김만철은 조심스럽게 주변을 살폈지만 다행히 인기척은 없었다.

해발 1,500m 이상 되어 보이는 정상에서 바라보는 주변

경관은 멋지고 아름다웠다.

산세가 일반적인 산보다도 험했고 정상으로 오르는 길은 바위들과 가파른 절벽이 이어져 있었다.

"별것 없는데, 여길 왜 올라가지 못하게 했을까?"

별다른 것이 없었다.

보이는 것이라고는 빽빽하게 들어선 숲과 산봉우리들뿐이었다.

주변을 자세히 살펴보았지만 달라진 것은 없었다.

5분 정도 정상에 머물다가 반대편으로 내려오는 길에 사람이 하나 지나갈 수 있는 비탈길을 우연치 않게 발견했다.

보통 사람이라면 그냥 지나쳤을 것이었지만 김만철은 북한에서 특수 훈련을 오랜 시간 동안 받아온 인물이었다.

그가 받은 훈련 중에 적진 침투와 루트 개척 훈련을 통해서 길이 아닌 곳을 길처럼 다녔다.

지금 김만철이 발견한 길은 일반인이 다니기에는 위험하지만 분명 사람이 다닌 흔적이 있었다.

정상에서 40m 정도 아래에 떨어진 곳에 있는 길은 한 사람이 간신히 지나갈 정도의 가파른 통로였다.

그곳을 따라 반대편으로 건너가자 전혀 다른 풍경이 나

타났다.

300m 정도 밑으로 넓은 분지가 보였고 그곳에는 수십 채의 기와집이 우람한 나무들과 어우러져 한 편의 그림을 연출하고 있었다.

정상에서는 보이지 않았던 이유가 뒤편으로 거대한 봉우리가 있어 지금 발견한 장소를 가리고 있었던 것이다.

정말 교묘하게 가려진 곳이었다.

'이곳이 강 대표님이 말한 흑천의 본거지인가?'

의문이 머릿속에 떠오를 때에 인기척이 들려왔다.

김만철은 좁은 통로를 벗어나 왼편에 있는 커다란 바위 아래에 재빨리 몸을 숨겼다.

그곳에 사람 하나가 들어갈 수 있는 공간이 있었다.

"약초꾼이 사라졌다고?"

"예, 마을로 내려간 흔적이 없었습니다."

두 사람의 목소리가 들려왔다.

그리고 모습을 드러낸 사람은 김만철이 보았던 사내와 그보다 어려 보이는 인물이었다.

"전의 놈도 약초 욕심에 명을 재촉하더니 이놈도 그 꼴이 되겠군. 찾아서 처리해."

"알겠습니다."

사내의 말에 젊은 인물이 다시금 김만철이 들어왔던 통

로로 향했다.

김만철은 두 사람의 기척이 사라질 때까지 숨을 죽이고 기다렸다.

지금보다는 어두운 밤을 기다려 내려가는 것이 좋을 것 같았다.

김만철은 가져온 가방에서 소음기가 달린 권총과 단검을 꺼내어 허리에 착용했다.

부산항을 통해 블라디보스토크와 왕래하는 선박을 통해서 몰래 들여온 권총이었다.

*　　　*　　　*

집으로 가는 도중에 가인이와 예인이가 좋아하는 크림빵과 고로케를 샀다.

고로케는 소냐가 좋아하는 빵이다.

한국에 들어오고 나서부터 소냐는 고로케의 맛에 푹 빠져버렸다.

열한 시가 넘어선 시간이었지만 송 관장의 집은 환하게 불이 켜져 있었다.

가인이와 예인이뿐만 아니라 소냐 또한 한국어를 공부하기 위해 늘 새벽에서야 잠들었다.

소냐는 아직 한국어가 서툴러서 서울대가 아닌 한국어학당에서 한국말을 공부했다.

조심스럽게 문을 열고 들어갔다.

대입학력고사가 얼마 남지 않자 가인이와 예인이도 신경이 조금은 날카로워져 있었다.

문을 조심스럽게 닫으려고 할 때에 주방 쪽에서 웃음소리가 들려왔다.

웃음소리의 주인공은 이 집에 거하는 세 명의 여자였다.

내 손에는 빵 말고도 닉스에서 새로 나온 닉스—레오나가 들려 있었다.

"오빠! 오셨다."

이럴 때는 굳이 조용히 말할 필요가 없었다.

"너무 늦잖아. 좀 일찍 일찍 다녀."

가인이가 주방에서 나오며 말했다.

"그렇게 일찍 오려고 해도 그게 잘 안 되네. 뭐 재미있는 이야기라도 나눴어?"

"뭐 그냥 여자들의 수다지. 저녁은?"

"먹었다."

"오빠 얼굴 보기도 힘들다. 손에 든 건 뭐야?"

예인이가 내 손에 든 빵 봉지를 보며 물었다.

"뭐겠니? 너희 간식이지."

빵 봉지를 예인이에게 건네주며 말했다.

"오빠가 정말 우리 아빠 같다. 아빠도 저녁 늦게 오시면 항상 이렇게 빵을 사오셨거든."

"태수! 고로케도 사왔어?"

제일 늦게 나온 소냐가 혀 짧은 소리로 물어왔다.

소냐는 짧은 반바지에 가슴골이 훤히 드러나 보이는 흰색티셔츠를 입고 있었다.

그녀는 몸매가 그대로 드러나는 옷을 즐겨 입었다.

처음에는 불편한 점이 있었지만 이젠 익숙해서 그런지 소냐의 옷차림에 신경이 쓰이지 않았다.

"사왔지. 자, 이것도 신어들 봐. 닉스에서 새로 출시한 제품인데, 너희 주려고 챙겨놓았었는데 깜빡하고 오늘에야 가져왔다."

항상 가인이와 예인이에게는 먼저 신발을 주었지만 일이 바쁘다 보니 챙겨놓았던 신발을 가져오지 못했었다.

"역시! 우리 태수야."

소냐는 예인이가 들고 있는 빵 봉지에서 고로케 하나를 챙겨 든 후 나의 볼에다 감사의 표시로 뽀뽀를 했다.

처음 있는 일은 아니었지만 가인이와 예인이가 보고 있는 상황에서는 항상 민망했다.

"소냐 언니는 꼭 우리가 볼 때만 오빠에게 뽀뽀하더라."

예인이가 볼멘소리로 말했다.

"오해는 하지 마세요. 감정이 들어간 뽀뽀가 아니라 감사의 표시라고."

소냐는 고로케와 신발 상자를 들고 주방으로 향했다.

"그래도 그렇지 말이야. 오빠 볼이 무슨 동네북도 아니고, 안 그래, 오빠?"

예인이가 날 보며 물었다.

한데 날 보는 시선이 마치 자신도 하고 싶다는 것 같았다.

요즘 들어 예인이는 이전과 달리 적극적으로 나에게 다가왔다.

"그건 그렇지."

그때였다.

가인이도 나에게 다가와서는 오른뺨에다 뽀뽀를 했다.

가인이의 뽀뽀는 소냐가 했던 느낌과는 전혀 달랐다.

진정으로 좋아하는 사람에게 해주는 그런 느낌으로 다가왔다.

'후! 덥네. 더워.'

"신발 잘 신을게."

그러자 예인이가 외마디 비명을 지르며 말했다.

"꺅! 언니까지 왜 그래?"

"뭐가? 소냐 언니의 말처럼 감사의 표시야. 애정을 듬뿍 담은."

가인이는 예인이가 들고 있는 빵 봉지에서 크림빵을 꺼내 들고는 자신의 방으로 들어갔다.

"오빠는 이제 피하지도 않네."

"그럼 어떡해. 갑자기 저러는데."

"그걸 왜 못 피해? 전에는 움츠리기라도 했잖아."

"혹시 너 질투가 나서 그러는 거야?"

순간 예인이를 놀려먹고 싶다는 생각이 들었다.

"질투라니. 이 집에서 지킬 건 지켜야 하니까 그러지."

"그렇구나. 난 또 우리 예인이가 질투한 건가 생각했네. 자! 예인이도 하고 싶으면 그냥 여기다가 해."

나는 눈을 감고 손으로 머리카락을 들추고는 이마를 예인이 앞으로 내밀었다.

청순하고 단아한 모습의 예인이가 당황하는 모습이 그려지자 웃음이 튀어나오려고 했다.

'크크! 오늘은 예인이의 뽀뽀까지 받으리라.'

예인이는 이런 내 행동에 순간 당황하고 망설이는 모습을 보였다.

그때였다.

방으로 들어갔던 가인이가 나오면서 이 모습을 보고는 예인이에게 비켜서라는 사인을 보냈다.

예인이가 비켜서는 순간 가인이의 손에서 무언가가 나를 향해 빠르게 날아왔다.

예인이의 부드러운 입술을 기다리고 있는 순간,

철썩!

쿵!

정확하게 이마 정중앙에 작지 않은 충격이 가해지는 순간 나는 바닥에 그대로 주저앉았다.

"악! 뭐냐?"

깜짝 놀란 내가 눈을 떴다. 이마에 붙어 있는 것은 문구점에서 파는 문어 찐득이었다.

어린 시절 벽이나 창문에 붙여서 잘 가지고 놀았던 장난감이었다.

"정신 차려! 순진한 애 꼬시려 하지 말고."

가인이는 내 모습을 어이가 없다는 표정으로 바라보며 말했다.

"깔깔깔! 오빠 너무 웃기다."

예인이는 내 모습에 배를 잡으며 웃었다.

문어 모양의 찐득이가 자신의 임무를 마치고 이마 정중

앙에서 서서히 얼굴 아래로 천천히 떨어져 내렸다.

찐득이를 얼마나 세게 던졌는지 이마가 빨갛게 변해 있었다.

한시도 마음을 놓을 수 없는 집안이었다.

*   *   *

세 사람 다 각자의 방에서 공부하고 있을 때 나는 조용히 현관문을 열고 마당으로 나왔다.

손에 들고 나온 것은 며칠 전에 사다 놓은 캔 맥주였다.

소녀가 손을 댔는지 사다놓은 캔 맥주 절반이 사라지고 없었다.

바빠지는 업무에서 오는 스트레스 때문인지 맥주를 마시고 자는 날이 늘어났다.

처음 돈을 벌자고 사업을 시작했을 때에는 이 정도까지 판이 커질 거라고는 전혀 예상하지 못했다.

회사가 커지고 매출과 순이익이 늘어날 때면 마냥 즐겁고 신이 났었다.

하지만 업무와 관련되어 회사 안팎으로 다양한 사람들과 부닥치다 보니 내 맘 같지 않는다는 것을 점점 더 느낄 수가 있었다.

세상은 내가 알고 있는 것보다도 더 치사하고 격렬하게 나에게 싸움을 걸어왔다.

엄연히 존재해야 할 정의와 진실이 늘어진 하품을 깨물며 먼 산을 보듯이 날 외면을 하는 것만 같았다.

힘을 가지지 않았다면, 아니, 남보다 더 많은 것을 소유하지 않았다면 당연한 권리와 정의를 되찾아오지 못했을 것이다.

그 단적인 예가 청일산업 건이었다.

맥주를 한 모금 마시면서 구름 사이로 모습을 감추고 있는 달을 보았다.

마치 타락한 달이 흐물흐물 뭉개지는 것 같았다.

"지금보다 더 많은 것을 가지게 되면 나도 저 달처럼 변해 버릴까?"

지금도 스무 살이라는 나이에 걸맞지 않은 물질과 돈을 소유했다.

한때 담배 살 돈이 없어서 돼지저금통의 배를 갈라야만 했던 시절의 비참한 모습이 아니다.

하지만 성공의 길을 걸어가고 있는 지금도 왠지 그때와 같이 불안한 마음이 자꾸만 마음속에 스며들었다.

"후! 원했던 걸 갖고 있는데도 불안한 것은 매한가지구나. 남들이 부러워하는 성공을 향해 달리고 있는데도 말이야."

분명 순풍을 타듯이 부드러운 바람이 불었다. 하지만 그것은 세상의 안녕을 바라는 바람과는 정반대되는 느낌의 바람이었다.

세상 모든 것을 삼켜 버릴 것처럼 불어오는 거대한 태풍을 숨기기 위한 거짓과 위선의 바람.

지금 대한민국의 현주소였다.

신념의 현저한 상실로 대한민국 질서의 변화를 한층 가속화시키려는 흑천이 그 주체였다.

흑천에 대해 점점 더 알아갈수록 그들이 가지고 있는 힘과 집요함이 두려웠다.

내가 러시아에 있을 때 행복찾기의 김인구 소장과 직원들이 알게 모르게 조사한 바로는, 흑천은 대한민국 전역에 분포하는 폭력조직의 절반을 장악했고, 나머지 30%에게는 절대적인 영향력을 행사한다고 한다.

나머지 20%만이 흑천의 세력에 편입되지 않고 자신들만의 세력을 유지했다.

흑천의 보이지 않는 손은 폭력조직에만 뻗치고 있지 않았다.

일반 사람들에게 영향력을 행사할 수 있는 체육계와 재계, 그리고 정계까지 사람들이 전혀 모르게 암세포처럼 하나하나씩 세력을 확장하고 있었다.

만약 그 암세포가 감당할 수 없이 커질 때 대한민국은 사망선고를 받는 날이 될 것이다.

이러한 사실을 접하게 되었을 때, 고작 나 하나로 무엇을 할 수 있을까 생각한 적도 많았다.

하지만 그걸 외면하고 편안함 삶에 순응한다면 나는 내일을 맞이할 자격이 없는 자가 될 것이다.

"이젠 내일을 포기하는 사람이 되지 않는다."

나는 나 자신에게 다시금 용기를 불어넣었다. 삶을 포기하려고 했던 것은 단 한 번으로 충분하다.

악의에 가득 찬 불의에 맞서려는 정이 들끓는 밤은 이제 막 시작되었을 뿐이다.

＊　　　✝　　　＊

새벽 2시쯤이 되자 바위틈에서 쉬고 있던 김만철이 자리에서 일어났다.

짙은 먹구름에 달까지 가려져 한 치 앞도 보기 힘든 칠흑 같은 밤이었다.

"음, 침투하기에는 딱 좋은 날이군."

기와집들이 모여 있는 아래를 내려다보자 그곳에는 몇

군데를 빼고는 대부분 불이 꺼져 있었다.

수십 채의 기와집이 모여 있는 곳은 절간처럼 보이지도 않았다.

지금 눈에 보이는 곳이 절이었다면 사람들의 통행을 막을 이유가 없었다.

하늘에서도 쉽게 발견할 수 없는 천혜의 장소에 이런 대규모의 기와집이 모여 있다는 것은 분명 이상한 일이다.

더구나 일반 사람들의 입산을 통제하고 감시하는 인물들이 산 주변에 있다는 것도 일반적이지 않다.

어둠이 눈에 익숙해지자 김만철은 조심스럽게 아래로 내려갔다.

낮에도 쉽게 내려가기가 힘든 가파른 곳이었다. 달빛도 없는 밤이라 내려가는 데 시간이 한참 걸렸다.

다행스러운 점은 침투하고자 하는 장소에는 무슨 이유인지 전기가 들어오지 않았다.

불을 밝혀 놓은 곳들도 기름을 이용한 등이 걸려 있었다.

아래에 내려와 보니 그 넓이가 위에서 보던 것보다도 훨씬 더 넓었다.

눈앞에 보이는 기와집들도 북촌이나 서촌에서 볼 수 있는 일반 기와집이 아니었다.

경복궁이나 창경궁에서나 볼 수 있는 전각들만큼이나 큰

기와집이 대부분이었다.

'이게 다 뭐냐? 이런 곳에다 민속촌을 만들어 놓은 건 아니겠지.'

김만철은 용인에 있는 민속촌을 방문한 적이 있었다.

하지만 사람들의 왕래가 없는 깊은 산속에 이러한 전통 기와집들을 만들어 놓았다는 것이 생각할수록 이상했다.

더구나 이렇게 많은 건물이 있다는 것은 상당한 인원이 이곳에 상주하고 있다는 뜻이기도 했다.

눈앞에 보이는 기와집은 창고로 사용하는지 사람의 인기척이 전혀 없었다.

사람이 있는 곳을 살펴야 이곳이 어떠한 곳인지 알 수 있을 것 같았다.

김만철은 어둠 속으로 몸을 숨긴 채 다른 건물로 조심스럽게 이동했다.

*　　　*　　　*

비천각이라는 이름이 붙은 건물은 아직 불이 밝혀져 있었고 두 사내가 늦은 새벽까지 대화를 나누고 있었다.

"북한의 의중은 어떠하더냐?"

질문을 던진 인물은 흑천의 3대 장로 중의 하나인 홍무영이었다.

그는 흑천의 대외적인 업무를 맡고 있었다.

더욱이 그는 정민당의 한종태 사무총장뿐만 아니라 현 정부의 정치 실세들과도 유대 관계가 깊었다.

"우리 쪽 사람이 대통령의 자리에 오르면 협조하겠다고 했습니다."

홍무영의 물음에 답을 하는 인물은 척살단을 이끌고 있는 풍운이었다.

그는 한동안 북한에 들어가 있었다.

"음, 한종태 사무총장이 다음 대선을 노리기로 한 것 같다. 아직 그의 때가 이르려면 시간이 필요하지. 태화경은 어떻게 되었느냐?"

홍무영은 척살단 단주인 풍운을 직접 가르친 인물이기도 했다.

"놈이 책값의 액수를 더 올렸습니다."

"얼마나?"

풍운의 말에 홍무영의 미간에 주름이 갔다.

"이백만 달러를 더 올려서 오백만 달러를 요구하고 있습니다."

"미친놈이군. 그놈에게 전혀 필요치 않은 책이거늘. 오백만 달러는 결코 적은 금액이 아니다."

홍무영은 그만한 돈이 없었다.

그의 말처럼 오백만 달러면 우리나라 돈으로 오십억이 넘어가는 돈이다.

책값으로는 너무 과한 금액이었다.

그가 이야기를 꺼낸 태화경은 조선 초에 활동했던 흑천의 고수가 남긴 무공서였다.

태화경은 우연히 북한의 회령수용소에서 흘러나왔다.

그곳에 수용되었던 죄수가 벌목장에서 발견한 후에 몰래 품고 있던 책이었다.

회령수용소는 한번 들어가면 죽어서도 나갈 수 없는 완전 통제구역으로 북한에서도 가장 악명 높은 정치범수용소로 꼽힌다.

책을 회수한 인물은 회령수용소를 맡고 있는 최덕수 상장이었다.

그는 회령수용소뿐만 아니라 수용소가 위치한 지역의 모든 것을 움켜쥐고 있는 인물이었다.

최덕수는 북한에 남겨졌던 흑천의 인물에게서 무술을 배운 자이기도 했다.

그와 친밀한 관계를 맺고 있는 인물은 김정일의 여동생인 김경희의 남편 장성택으로, 그는 올해 조선노동당 중앙위원회 위원에 선출되었다.

중앙위원회 위원에 선출되어야 북한의 주요 핵심권력기관의 요직을 맡을 수 있다.

태화경은 그가 배웠던 무공과는 전혀 상반되는 무공서라 최덕수에게는 필요 없었다.

하지만 더 이상 앞으로 나아가지 못하고 벽에 막혀 있는 홍무영에게는 꼭 필요한 무공서였다.

그는 흑천의 다른 장로들 모르게 풍운을 통해 최덕수와 접촉하고 있었다.

풍운은 북한에 자리를 잡은 흑천의 인물들과의 연락을 맡고 있었다.

북한에는 드러난 숫자가 아직까지는 그리 많지는 않았지만 최덕수와 같이 고위직에 오른 흑천 출신의 인물도 적지는 않았다.

"화 장로님께 도움을 요청하시는 것이 어떠하신지요?"

화용성 장로는 흑천의 살림과 금전적인 부분을 맡고 있었다.

"화 장로에게 하나를 얻게 되면 나중에 둘을 주게 될 수 있다. 돈 문제는 내가 다른 쪽을 통해서 알아보겠다. 인제 그만 물러가서 쉬도록 해라."

"알겠습니다. 그럼……."

풍운이 말을 다 끝내기도 전에 홍무영 장로와 눈이 마주쳤다.

누군가 자신들의 이야기를 듣고 있었다.

홍무영 장로가 눈짓을 보내자 풍운은 벼락같이 밖으로 뛰쳐나갔다.

어둠이 깔린 주변을 빠르게 살피기 시작했다.

그리고는 오른쪽 방향으로 쏜살같이 튕겨져 나갔다.

"어떤 놈인지 간이 큰 놈이군."

홍무영은 풍운이 향한 곳을 바라보며 말했다.

＊　　　＊　　　＊

귀신같은 놈이었다.

김만철은 이리저리 어둠 속으로 스며들었지만, 자신을 쫓는 놈은 정말 귀신같이 자신이 위치를 알아채고는 따라붙었다.

"헉헉! 오랜만에 긴장감이 도는구먼."

김만철은 숨이 차올랐지만 멈출 수가 없었다.

위험한 순간 총을 꺼내어 발사하자 놈은 거리를 두고 따라왔다.

마치 놈은 먹잇감을 가지고 놀다가 단숨에 숨통을 끊어 놓으려는 범처럼 행동했다.

하지만 김만철도 만만한 인물이 아니었다.

산전수전, 공중전까지 겪었던 최고의 실력자이자 북한이 자랑하던 살아 있는 인간 무기였다.

'보통 놈이 아니다. 거기에다 총까지.'

대한민국에서 총을 소유하고 있는 인물은 한정되어 있었다.

군인, 경찰, 그리고 특수 임무를 띠고 움직이는 기관원이 전부였다.

개인이 총을 구입하거나 소유할 수 없는 나라였다.

풍운은 어둠 속에서 쫓는 놈을 사로잡으려고 하는 순간, 총알이 날아왔다.

상대방이 전혀 알아채지 못하게 접근한 상태에서였다. 놈의 움직임과 반응이 표범처럼 날쌨다.

일반적인 훈련을 받은 인물이 아니었다. 놈은 고도의 특수훈련을 받은 놈이었다.

홍무영 장로에게 얼핏 들은 적이 있었다.

정부의 한 기관에서 흑천의 움직임을 감지하고는 살피고 있다고.

아직은 그들이 흑천의 실체를 정확히 파악하지 못한 상태이기는 하지만 조심해야 한다는 말을 했었다.

지금 쫓고 있는 인물이 그 기관에 속한 놈일 수도 있었다.

만약 사실이라면 절대 살려 보내서는 안 될 놈이다.

달아나고 쫓는 추격전이 한 시간이나 지속되었다.

김만철은 어느새 자신이 몸을 숨겼던 바위까지 올라왔다.

뒤를 쫓는 놈을 떨쳐 내기가 어렵다는 판단이 섰다.

더구나 이 산은 놈들의 근거지라 손바닥에 손금 보듯이 잘 파악하고 있었다.

섣불리 움직이다가는 오히려 낭패를 볼 수 있었다.

한 가지 다행스러운 것은 쫓아오는 놈이 혼자라는 점이었다.

놈은 동료들에게 알리지 않고 혼자서 쫓아오고 있었다.

한마디로 이러한 행동은 굳이 동료를 부를 필요가 없을 정도로 대단한 실력을 갖춘 인물일 수 있었다.

김만철은 자신이 발견했던 바위 아래로 몸을 숨겼다.

그리고 뒤를 쫓는 놈을 기다리기로 했다.

바위틈으로 보이는 곳에서 놈을 노리기로 한 것이다. 들고 있는 권총으로 단 한 방이면 되었다.

사격에는 누구보다 자신 있었다.

북한에 있을 때에 올림픽대회에서 권총 자유사격에서 금메달을 딴 인물과 대결에서도 이긴 적이 있었다.

저격이라면 귀신도 맞힐 수 있을 만큼 자신 있었다.

더구나 지금은 구름에 가려졌던 달빛이 얼굴을 내밀고 있었다.

자신을 쫓고 있는 놈이 나타날 수 있는 방향은 단 하나였다.

5분 정도 시간이 흘렀지만 어찌 된 영문인지 놈은 모습을 드러내지 않았다.

'내가 너무 쉽게 생각했나. 아니면 내 흔적을 놓친 것일까?'

김만철이 의구심이 들 때였다.

틱!

바위 위로 무언가 떨어져 내리는 소리가 들렸다.

순간 주변에서 울리던 풀벌레 소리가 멈췄다.

'놈이다. 어떻게 바위 위로 떨어질 수 있지? 아래에 있는 나를 발견한 것일까?'

김만철은 순간적으로 여러 가지 생각이 한꺼번에 떠올랐다.

바위 밑에서 구멍을 향해 권총을 겨누었다. 하지만 놈은 바위 구멍을 알아채지 못했다.

다행스럽게도 놈은 바위 위를 이리저리 걸으며 사방을 둘러보는 눈치였다.

'놈은 아직 내가 이곳에 있는 걸 모르고 있다.'

김만철은 고민하기 시작했다.

이곳에 계속 머물 것인지 아니면 놈을 습격할 것인지에 대해.

순간 위에서 들려오던 발걸음 소리가 사라졌다.

김만철은 5분간 숨죽이며 기다렸지만 더는 들려오는 소리도 기척도 없었다.

'놈이 사라진 건가? 아니면 어디선가 지켜보고 있는 걸까?'

김만철은 지금껏 이렇게까지 자신을 몰아붙인 인간을 보지 못했다.

언제나 일대일 상황에서는 여유롭게 상대를 몰아붙이거나 처치했었다.

하지만 지금의 상대는 이제까지 상대해 왔던 인물과는 뭔가 달랐다.

놈은 근거리에서조차 총알을 피해냈다.

그것이 우연인지 아니면 정말 놈이 알고 피한 것인지는 모르지만 말이다.

상식적으로 이해가 되지 않은 것은 길이 아닌 장소에서 놈이 불쑥 튀어나와 습격을 해왔다는 것이다.

그놈이 나타난 곳은 상당히 높은 절벽이라 이렇게 어두운 밤에는 그곳을 넘는다는 것은 상식적으로 불가능했다.

'음, 강 대표님이 직접 부딪치지 말라고 한 것이 이것 때문인가?'

나는 김만철에게 흑천의 인물을 만나면 절대 맞상대를 하지 말라고 했었다.

김만철이 총을 소지하고 있었지만 내가 경험했던 흑천의 인물들은 상식을 벗어난 자였다.

티토브 정이 동전으로 달아나던 흑천의 인물을 처리했던 것처럼 그들도 그렇게 하지 못하리라는 법은 없었다.

'좀 더 이곳에 머물러야 하나? 아니면 위험을 각오하고 움직여야 하나?'

얼마 안 있으면 해가 떠오른다. 지금 머물고 있는 곳도 해가 뜨면 발각될 수 있었다.

'십 분 후에 움직이자.'

결론을 내린 김만철은 바위틈에서 조용히 주변을 살폈다.

십 분 후 바위를 나서려는 순간, 누군가 위에서 내려오는 소리와 함께 불빛이 보였다.

"철령! 어디서 오는 길이냐?"

목소리는 바로 김만철이 숨어 있는 바위 위에서 들려왔다.

"풍 단주님께서 이 시간에 어쩐 일이십니까? 저는 용정에서 교대 시간이 되어 내려오는 길입니다."

"혹시 낯선 인물을 보지 못했느냐?"

"보지 못했습니다. 이 시간에 외부인이 이곳에 들어왔습니까? 불빛 없이는 움직일 수 없는 곳인데."

사내는 고개를 갸우뚱하며 의구심을 표했다.

그의 머리에는 야간 산행에 필요한 헤드램프를 쓰고 있었다.

다시금 달빛이 사라진 이곳은 특히 바위들이 험해 불빛이 없이는 움직이기가 무척이나 어려웠다.

"알았다. 내가 짐승의 움직임을 잘못 본 것 같구나."

풍운은 자신이 쫓고 있는 김만철에 대해 말하지 않았다.

"예, 그럼 저는 내려가 보겠습니다."

풍운의 말에 사내는 고개를 숙이고는 기와집들이 모여 있는 곳으로 향했다.

"음, 놈이 벌써 이곳을 벗어났단 말인가? 설마 백야의 인물이……."

풍운은 무언가를 추리하듯 말하고는 자리를 박차고 빠르게 아래로 내달렸다.

"후! 놈이 떠나지 않았었구나. 정말 큰일 날 뻔했네."

김만철은 안도의 한숨을 내쉬었다.

그의 말처럼 풍운은 바위가 내려다보이는 나무 위에서

주변을 살피고 있었다.

사내가 위에서 내려오지 않았다면 바위 안에서 벗어나려 했던 김만철은 풍운에게 그대로 당했을 것이다.

'풍 단주라고 했다. 단주라는 말을 쓰는 집단이라…….'

김만철은 동이 트기 전에 빠르게 지금의 장소를 벗어났다.

Chapter 8

블루오션에서 좋은 소식을 전해왔다.

블루오션은 무선호출기, 일명 삐삐를 개발하고 있었다.

그동안 개발에 매진한 결과가 오늘 나온 것이다.

현재 차량 휴대전화와 무선호출기 보급이 매년 100%씩 늘어나고 있었다.

전화 보급 대수는 현재 1천 3백여 만 대로 매년 12% 정도 씩 늘어날 뿐이었다.

무선호출기의 상용화는 1982년 12월 15일 우리나라에서 처음으로 실시되었다.

1992년 사용 지역이 전국적으로 광역화되고 160㎒대에서 322~238.6㎒로 확대되었다.

블루오션에서 개발 중인 무선호출기는 현재 나오고 있는 무선호출기보다 조금 더 슬림하면서 크기를 최대한 줄이도록 개발진에게 요구했다.

색상 또한 검은색 위주가 아닌 젊은 층이 좋아하는 파랑, 노랑, 흰색을 사용했다.

무선호출기를 생산하는 대부분의 회사가 검은색에 투박한 형태의 상자 모양이었다.

시장을 앞서가는 모토로라의 디자인과 거의 흡사하다고 보면 된다.

일반적인 지포라이터 형태로 크기가 라이터보다 훨씬 컸다.

현재 무선호출기의 강자인 모토로라에서 나오는 무선호출기는 대략 17만 원에서 22만 원 사이의 가격을 형성하고 있었다.

다른 회사에서 나오는 무선호출기는 대부분 17만~20만 원 사이에서 판매되었다.

현재 국내에서 팔리고 있는 국산과 외국 이동통신단말기 값은 제조원가와 수입 가격보다 2~3배나 비싸게 유통되었다.

국산화율은 무선호출기는 12~35%이고 이동전화기는 20~42%에 지나지 않았다.

더구나 국내에서 제조하여 판매하고 있는 무선호출기의 국산 제품은 소형화나 디자인 및 세련도에서 외국 제품보다 훨씬 떨어졌다.

현재 무선호출기 시장의 60%를 모토로라 등 외국산 제품이 차지하고 있었다.

대기업에서 판매하는 제품도 대부분 일본 제품을 OEM으로 들어오거나 부품을 수입해 조립하는 수준이다.

블루오션에서 개발한 제품은 최대한으로 부피를 줄이는 데 힘을 썼다.

기술적인 부분이 아직 부족해 내가 요구했던 지포라이터 크기의 수준에는 도달하지 못했다.

대신 지금 나오고 있는 무선호출기의 모양인 세로형이 아닌 가로형으로 디자인했다.

이러한 디자인도 처음에는 반대가 심했다.

시장을 주도하는 외국 제품도 모두가 지포라이터 형태인 세로 모양이었다.

"대표님이 요구하신 대로 건전지를 제외한 무게를 80g에 맞췄습니다. 그리고 최대 15개까지 전화번호를 기억할 수 있고 삭제할 수 있게 만들었습니다. 메시지 기능으로는 중

복 메시지와 저장된 메시지, 메시지 Full, 긴급호출 메시지와 저전압 경보까지 지금까지 시중에 나온 제품들의 기능을 모두 넣었습니다. 또한 숫자뿐만 아니라 문자 정보까지도 수신할 수 있게 알파—뉴메릭 코드 방식(영자, 숫자 및 특수문자 등 데이터를 나타내는 데에 사용하는 부호)을 적용했습니다."

무선호출기를 개발하기 위해서 현재의 인원에서 세 명의 기술 인력과 한 명의 제품 디자이너를 추가로 뽑았다.

한국모토로라와 금성전자통신의 출신의 엔지니어들로 무선호출기를 개발하고 다루었던 기술자들이다.

다들 블루오션의 발전 가능성과 대기업의 명령 하달식 개발 방식에 실망하여 블루오션에 입사한 경우였다.

세 사람의 합류로 인해서 무선호출기의 개발 기간을 계획했던 것보다 단축할 수 있었다.

무선호출기의 개발 자금으로 나는 2억 5천만 원을 투자했다.

중소기업에서 2억 5천만 원이라는 돈을 투자해서 개발한다는 것은 큰 모험이었다.

뛰어난 실력을 지닌 인물들이 블루오션을 선택한 이유 중에 하나도 연구 개발에 투자되는 금액을 아끼지 않고 사용하는 점도 한몫했다.

대기업에서나 가능한 개발 자금을 블루오션이라는 신생 회사에서 아무렇지 않게 투자한 것이다.

또한 개발실은 일반적인 회사와 다르게 자유롭고 유기적인 분위기에서 마음껏 자신의 능력을 보여줄 수 있게 만들어놓았다.

개발자들이 필요하다고 판단되면 모든 지원을 해주었다.

디자인적인 부분에서도 세로 형태로 화면을 보는 것이 아닌 가로로 화면을 볼 수 있게 한 점은 지금의 시기에서는 획기적이었다.

가로 형태의 무선호출기는 몇 년 뒤에나 나오기 시작한다.

무선호출기의 외부 구조는 단순했다.

호출된 번호를 볼 수 있게 해주는 화면(Display)과 수신한 메시지를 표시하는 데 사용되는 읽기 버튼(Read button), 수행할 설정이나 기능을 선택하는 버튼인 선택 버튼(Select button), 메뉴를 표시하여 설정 및 작동을 선택할 수 있는 버튼인 메뉴 버튼(Menu button), 그리고 무선호출기를 벨트에 부착하기 위해 사용하는 벨트 클립(Belt clip)이다.

블루오션의 재즈(Jazz)−1이라고 이름을 붙인 무선호출기는 벨트 클립을 제거하고 케이스에 부착해서 벨트에 찰

수 있게 만들었다.

이 방법도 2~3년에 후에 보편화되지만 블루오션이 먼저 선보이는 것이다.

또한 선택 버튼을 없애고 읽기 버튼과 메뉴 버튼 2개로 모든 동작을 가능하도록 단순화했다.

지금 나오고 있는 무선호출기들에는 선택 버튼은 필수처럼 달려 있었고 ON—OFF 버튼과 야간에 불을 켜볼 수 있는 라이트 버튼까지 달린 제품도 있었다.

우리는 모든 기능을 읽기 버튼과 메뉴 버튼으로 통합하기 위해서 노력했고 무선호출기 전용 프로그램 개발로 모든 것을 가능하게 만들었다.

지금 시기에는 국내에서 무선호출기를 개발하기 쉽지 않을 정도로 전자 통신 기술력이 아직은 많이 부족했다.

재즈—1의 개발은 기술 개발진의 열정과 과감한 투자로 만들어진 결과물이었다.

개발진은 부족함 없이 개발비를 썼다.

일본과 미국에서 들여온 개발 장비를 통해서 앞선 제품들을 밤낮으로 분해하고 분석했다.

아직은 외국의 부품을 사용해서 개발했지만 재즈(Jazz)—1은 최대한 국내에서 개발된 부품을 사용할 생각이다.

1991년 현재 국내 전자 제품 대다수가 일본이나 미국에서 수입한 부품에 의존하여 생산되고 있었다.

완제품을 만들어 생산 판매하면 상당수의 이익이 일본의 부품 회사로 돌아갔다.

현재 일본과 비슷한 수준의 부품을 개발하더라도 일본 회사에서 덤핑 공세를 펼쳐 개발된 부품을 생산하지도 못하거나 그로 인해서 회사가 부도가 나는 경우도 적지 않았다.

상당한 개발비가 들어간 제품이 시장에 나와 제대로 된 평가도 받지 못한 채 사라져 가는 상황이었다.

문제는 대기업들도 제조원가 절감과 안정성을 이유로 국내에서 개발된 부품보다는 일본제 부품이나 외국 부품을 선호했다.

일본 기업들은 앞선 기술력을 무기 삼아 무차별적으로 기술력 있는 국내 기업들을 공격해 왔다.

국내 기업의 국산화 전에는 독점적으로 고가정책을 펼쳐 국내 시장을 공략했고, 국산화가 이루어지면 덤핑 정책으로 국내 기업을 제압하여 국내 시장을 계속 장악하는 식의 전략을 공식처럼 구사하고 있었다.

"수신 상태는 완벽한가요?"

"예, 지금까지 백 번을 테스트했는데 단 한 번도 오류가 나지 않았습니다."

개발을 주도한 김동철 과장의 말이었다.

"백 번 가지고는 부족합니다. 제품 테스트는 천 번, 아니, 만 번까지 해야 합니다."

"예, 알겠습니다. 시제품을 좀 더 만들어서 제품 테스트를 지속적으로 진행하겠습니다."

"제품 표면이 매끄럽지가 못한 것 같습니다."

"아직 시제품 단계라서 그렇습니다. 본격적으로 생산에 들어가면 달라질 겁니다."

함께 개발에 참여했던 최성원 과장의 말이었다. 그는 이번에 블루오션에 새로 입사한 인물이었다.

개발팀 모두가 휴일을 반납하면서까지 개발에 매달려 왔다.

"가격은 얼마로 책정할 예정입니까?"

"지금까지 나온 어떤 제품보다 디자인이나 품질면에서 앞선다는 생각이 듭니다. 개발비도 많이 들어간 상태라 20만 원으로 책정할 생각입니다."

"음, 제조원가는 얼마나 됩니까?"

"현재는 6만 원 정도가 들어가지만 본격적으로 생산량이 늘어나면 5만 원 아래 선까지 낮출 수 있습니다."

김동철 과장은 부품 단가가 적혀 있는 서류를 보며 말했다.

"그러면 가격을 15만 원에 책정합시다."

"예, 충분히 재즈 원은 20만 원을 받을 수 있습니다. 이번에 새롭게 개발된 금성전자통신의 무선호출기가 21만 원에 책정될 예정이라고 합니다. 저희와 성능이 크게 차이가 나지 않습니다. 오히려 디자인적인 부분은 저희가 훨씬 낫습니다."

최성원 과장이 내 말에 놀란 표정을 지으며 말했다.

15만 원은 현재 시중에서 판매되고 있는 무선호출기 중에서 가장 낮은 가격이었다.

회의실에 모인 인물들은 내 이야기에 다들 할 말이 많은 표정이었다.

"앞으로 무선호출기 시장은 우리가 예측한 것보다도 더욱 폭발적으로 성장할 것입니다. 언론이나 기관에서 예측한 올해 100%의 성장을 넘어서 일반 학생들은 물론 대한민국 국민이면 누구나가 삐삐를 하나씩 가지게 될 것입니다. 더욱이 우리는 국내 시장뿐만 아니라 해외 시장도 염두에 두어야 합니다. 유선전화기인 레드아이(Red Eye) 때와는 다르게 재즈(Jazz)-1은 시장을 선점해 나갈 것입니다. 그동안 하지 않았던 신문광고는 물론 TV 광고까지 제품을 알리는 데 활용할 예정입니다."

나는 시장 선점을 노리고 있었다.

이미 모토로라, 삼성전자, 금성정보통신, 현대전자, 서원텔레콤, 대우전자, 맥슨전자 등 대기업은 물론 중소업체, 그리고 일본 제품까지 수입하여 무선호출기 시장을 선점하려는 춘추전국시대와도 같은 상황이다.

내년부터 새로운 신제품이 각 회사에서 쏟아져 나올 것이 분명했다.

지금이 무선호출기 시장을 선점할 수 있는 적기였다.

블루오션이 앞선 기술력으로 시장을 선도한다는 이미지를 대중들에게 각인시킬 수 있다면 앞으로 펼쳐지는 핸드폰 시장 또한 블루오션이 앞서나갈 수 있을 것이다.

현재 시장에서 가장 앞서나가고 있는 모토로라는 크기가 크고 가격이 비쌌다. 물론 명성에 걸맞게 내구성이나 성능은 우수했다.

각 제조 회사가 내어놓은 제품도 대부분 모토로라의 뒤를 따르는 형태의 무선호출기였다.

이것이 바로 기회였다.

더구나 가격이 15만 원대면 충분히 시장에서도 통할 것이다.

그래도 가격이 부담인 사람에게는 먼저 기기값의 절반을 받고 나머지는 6개월간 나누어서 내는 판매 방식도 염두에 두고 있다.

물론 기기값을 나눠서 내는 방식에는 15만 원이 아닌 17만 원에 판매할 계획을 세웠다.

또한 대기업이 재즈 원을 대리 판매하게 할 생각이다.

이러한 구체적인 판매 계획을 회의실에 있는 직원들에게 들려주었다.

"그래서 우리는 제조에 집중하고 판매는 다른 회사가 전담하는 방식이 될 수 있습니다. 블루오션은 아직 판매 유통 망을 갖추기에는 많이 부족합니다. 우리는 제조에 관련된 하드웨어와 소프트웨어를 더욱 강화해 나가는 전략을 세워 야 합니다. 앞으로는 기술과 개발 인력의 외부 유출에 대한 것도 신경을 써야 합니다."

내 말에 직원들은 고개를 끄덕이며 공감을 표시했다.

좋아진 머릿속에 또렷이 자리 잡은 옛 기억들 모두가 하나도 잊어버리지 않고 살아 꿈틀거리듯이 생생했다.

미래를 안다는 가장 좋은 점은 그 해 무엇이 유행했고 사람들의 마음을 사로잡았는지 안다는 것이다.

나의 가장 큰 무기가 미래를 안다는 것이라면 두 번째 무기는 바로 머릿속에 저장된 세세한 기억이었다.

*   *   *

산에서 내려온 김만철은 마을을 순환하는 버스를 타지 않았다.

이른 아침부터 태백산 자락에 자리를 잡은 마을에는 젊은 사내들이 산에서 내려와 주변을 살피며 김만철을 찾고 있었다.

김만철은 다행히도 때마침 수박을 싣고 서울로 향하는 트럭을 얻어 탈 수 있었다.

트럭을 멈춰 세우고 트럭 운전사에게 현금 2만 원을 건네주자 군말없이 김만철을 태워주었다.

김만철이 서울로 향하는 그 시각.

흑천의 인물들은 고속버스터미널과 기차역까지 살피고 있었다.

무사히 서울에 도착한 김만철은 곧장 나에게 연락을 취했다.

나는 시청에 위치한 호텔에서 묵고 있는 그를 만났다.

"대표님이 말씀하신 곳을 발견한 것 같습니다."

"예, 정말입니까?"

내심 흑천의 본거지가 대한민국 어딘가에는 있으리라 추측을 했지만 정말 발견할 수 있을 거라고는 크게 기대하지 않았다.

혹천은 대한민국 내에 존재하는 어떤 조직보다도 비밀스럽게 행동했고 움직였다.

　일반 사람들은 혹천이라는 이름조차 들어본 적이 없다. 아니, 경찰은 물론 검찰, 그리고 국가정보기관까지 혹천에 대해 아는 것이 전혀 없었다.

　혹천은 자신들과 연관된 어떠한 정보도 절대 노출하지 않았다.

　설사 정보가 노출되었다고 해도 정보를 얻은 인물을 지금껏 살려두지 않았다.

　나 또한 혹천의 도운에 의해서 추적당했고 목숨을 빼앗길 뻔했다.

　혹천은 스펀지에 물이 스며들 듯이 아주 자연스럽게 대한민국을 이끄는 권력층에 스며들었다.

　권력층과 재벌들이 꺼리는 일을 대신해 주면서 그들과 가까워졌다.

　대한민국의 핵심 권력층의 위치가 바뀌고 재벌이 변동되는 과정에서 혹천은 항상 최고의 선택을 했다.

　그러한 결정이 지금까지 아무 문제 없이 대한민국을 잠식해 나갈 수 있었다.

　이제는 돈과 권력을 가진 인물들도 혹천을 함부로 대할 수 없을 정도로 그들의 힘은 커졌다.

그들의 손과 발이 되었던 흑천은 어느새 그들과 동등한 위치에 서게 된 것이다.

"예, 흑천은 태백산 자락에 자리 잡고 있었습니다. 지도에도 제대로 표시되지 않은 곳이었습니다. 몇 장의 지도를 구매해서 살펴보았지만 이상하게도 유독 그 지역은 지도 업체들이 약속이라도 한 것처럼 표시된 것이 달랐습니다."

김만철의 말처럼 탁자에는 여러 장의 지도가 펼쳐져 있었다.

"혹시, 이 지역이 군사보호지역이라서 그런 것은 아닙니까?"

군부대가 주둔한 지역이라면 지도에 자세한 위치가 나오지 않을 수 있었다.

"제가 조사한 바로는 군사보호지역은 아니었습니다. 개인사유지역이라는 문구와 함께 휴전선처럼 상당한 지역이 철조망과 울타리로 보호되고 있었습니다. 이 지역을 감시하는 인원도 적지 않았습니다. 그리고 이상한 점은 고도계에 나타난 높이가 분명 1,500m 이상이었는데 지도에는 그러한 높이가 전혀 나타나지 않았습니다."

김만철은 자신이 빨간색 펜으로 표시한 지역을 손으로 짚으며 말했다.

태백산에서 가장 높은 장군봉의 높이가 1,567m였다.

김만철의 말을 빌리면 태백산이라고 표시된 곳에서 그렇게 멀지 않은 지역이었다.

또 등고선(지도에서 해발고도가 같은 지점을 연결하여 지표의 높낮이와 기복을 나타내는 곡선)으로 보면 분명 높지 않은데 지도에는 그러한 표시가 전혀 없었다.

"음, 지도가 실제와 다르다는 것인데. 지도 업체 모두가 실제와 다르게 표시했다는 것이 이상하네요."

영세한 지도 업체라면 그럴 수도 있지만 지금 탁자에 놓인 지도는 실제와 다르게 표시되거나 아예 위치 표시도 없었다.

"저도 그 점이 이상했습니다. 더욱이 그곳에서 저를 추격한 풍 단주라는 인물이 우연인지는 모르나 총알을 피하는 모습까지 보여주었습니다."

김만철의 말로 분명해졌다.

지금까지 만나왔던 흑천의 인물이나 백야의 인물 모두가 일반적인 상식을 벗어난 인물이었다.

흑천에 속한 인물 중 총알을 피할 수 있는 경지에 도달한 인물이 분명 있을 것이다.

"김 과장님이 발견한 곳이 흑천의 본거지가 분명한 것 같습니다. 상주하는 인원은 얼마나 되는 것 같습니까?"

"제가 잠입했던 시간이 새벽이라 정확하지는 않지만 적어도 수백 명은 족히 머물 수 있는 건물 수십 채가 자리 잡고 있었습니다."

"수백 명이나 된다고요?"

나는 놀라 되물었다.

바꿔 말해서 나에게 죽음의 공포를 선사했던 도운 같은 인물이 수백 명이라는 말이었다.

물론 모두가 도운 같지는 않겠지만 그보다 더 무서운 인물들이 존재할 수 있는 것이 문제였다.

"정확한 것은 아닙니다. 수백 명이 머물 수 있는 건물이 지어져 있었으니까요. 하지만 주변을 감시하는 인물들로 볼 때에 그 정도의 인원은 존재한다고 봐야 할 것입니다."

"큰일이네요. 김 과장님도 겪어봐서 알겠지만 그들은 보통 인물들이 아닙니다. 일반적인 상식을 벗어난 존재입니다."

"저도 적지 않은 경험을 겪어왔지만 제가 만난 풍 단주라는 인물에게서 풍겨오는 느낌은 남달랐습니다. 일대일로 마주해도 제가 그를 제압할 수 있다고는 생각되지 않았습니다."

흑천에 속한 인물들은 김만철이 지금껏 상대해 온 인물

과는 차원이 달랐다.

육체를 흉기로 만드는 훈련을 한다는 점에서 김만철과 같을 수는 있다.

하지만 흑천의 인물들은 그보다 더한 기운을 끌어내어 사용할 수 있는 내공을 지닌 고수였다.

소설 속 무협지나 영화에서 존재했던 인물이 바로 그들이었다.

"어떻게 해야 할지 모르겠습니다. 제가 알기에는 이들은 강력한 무공뿐만 아니라 상당한 재력과 권력을 갖춘 집단입니다."

흑천에 대한 구체적인 상황은 아직까지 파악된 것이 없었다.

흑천을 이끄는 인물이 누구이며 이들과 손을 잡은 정치인이나 기업가들이 누구인지 전혀 알고 있는 것이 없다.

단지 정민당의 한종태 사무총장의 집에서 흑전의 인물인 마연을 본 것이 전부였다.

한종태 사무총장이 흑천과 연관이 있는지에 대해서도 현재로서는 알지 못했다.

내가 가진 정보와 힘으로는 그러한 실체에 접근하기조차 벅찼다.

자칫 잘못했다가는 흑천의 실체를 밝히려고 하는 내 존

재가 드러날 수도 있었다.

내가 흑천의 존재에 걸림돌이 된다는 사실이 입증되면 나는 이 땅에서 살아 숨 쉬지 못할 것이다. 아니, 내 주변의 인물들 모두가 피해를 볼 수 있었다.

아직은 그들과 대결할 힘이 한참 부족했다.

지금까지 흑천에 대해 파악된 것은 전국에서 활동하고 있는 폭력조직 중 80% 정도가 흑천의 영향력을 직간접적으로 받고 있다는 것뿐이다.

"제가 생각할 때는 저희도 조직을 갖추지 않고서는 그들을 상대할 수 없습니다."

김만철의 말이 틀리지 않았다.

고작 몇 명의 힘으로는 바위에 달걀 치기였다.

"아직 그들과 싸울 힘이 없다는 것은 잘 압니다. 정부 관계자에게 이러한 사실을 알릴 수 없다는 것이 문제입니다. 그들의 실체를 확인할 수 있는 증거나 자료가 전혀 없으니까요. 더욱이 그들이 불법적인 일을 한다는 증거조차 지금은 없습니다."

나를 죽이려 했던 도운의 일이나 심마니 정씨를 노렸던 인물들의 행동에 관한 것으로는 증거가 될 수 없었다.

아니, 어쩌면 완벽한 증거를 가지고 정부 관계자와 만나더라도 흑천은 그에 대한 증거를 인멸하려고 할 것이다.

충분히 그럴 가능성이 있고 그만한 힘을 지닌 집단이다.

오히려 언론의 힘을 빌려 흑천과 상대하는 것이 유리할 수도 있었다.

"제 느낌으로는 섣불리 상대할 수 없는 집단입니다. 먼저 흑천에 대항할 수 있는 인물이나 조직을 찾아야 합니다."

나는 김만철에게 백야에 관해 이야기했었다.

"문제는 흑천을 상대했던 백야의 인물들을 쉽게 찾을 수 없다는 것입니다. 우연히 인연을 맺었던 백야의 인물도 흑천의 습격으로 인해 생사가 불분명한 상태입니다."

나와 인연을 맺었던 심마니 정씨는 아직 연락이 닿지 않았다.

위험을 무릅쓰고 옛 거처를 방문했었지만 그의 흔적은 어디에도 없었다.

오히려 나와 티토브 정을 기다린 것은 흑천의 도운이었다.

"국내는 없다면 해외에서라도 찾아야지요."

김만철의 말에 잊고 있던 티토브 정이 생각났다.

그는 분명 백야의 인물을 나타내는 연꽃 문신이 손바닥에 새겨져 있었다.

티토브 정은 현재 모스크바에 머물고 있었다.

"음, 말씀대로 여러 가지 상황을 고려해 봐야겠습니다. 행복찾기의 인물들은 어떻습니까?"

현재 행복찾기는 흑천에 관련된 정보들을 수집하고 있었다.

하지만 문제는 김인구와 이현진을 통해 얻어지는 정보에 한계가 있다는 점이다.

두 사람은 전직 형사의 이점을 살려 친분이 있는 경찰들에게서 정보를 얻고 있었다.

폭력조직과 연관된 부분이나 사람을 찾는 것에서는 많은 도움이 되었지만, 정관계와 기업에 연관된 부분에서는 정보를 얻을 수가 없었다.

더구나 세 사람으로 운영되는 행복찾기의 한계이기도 했다.

"노련미가 보이기는 하지만 흑천의 인물과 직접 맞닥뜨렸을 때는 역부족입니다. 정보를 조사하는 인원과 흑천을 상대할 수 있는 전투 인원을 구분해서 조직을 갖추어야 할 것입니다."

김만철의 말은 틀리지 않았다.

나는 세상을 악당들의 손에서 구해내는 슈퍼 히어로가 아니다.

더구나 나 혼자서 흑천을 상대할 수도, 그럴 생각도 없다.

흑천을 상대하기 위해서는 분명 그에 걸맞은 세력이 필요했다.

나는 티토브 정에 관한 이야기를 김만철에게 털어놓았다.

"허! 등잔 밑이 어둡다고 저는 정 대리가 그 정도 인물인지는 몰랐습니다. 백야의 인물이라는 것이 정말 확실한 겁니까?"

김만철은 나의 말에 확인하듯 되물었다. 티토브 정과의 인연은 나보다 김만철이 먼저였다.

"예, 직접 대놓고 물어보지는 않았지만 여러 가지 정황이나 손바닥에 새겨진 연꽃 문신이 백야의 인물이라는 것을 증명해 줍니다. 연꽃 문신은 백야의 인물을 나타내는 표식입니다."

"그럼, 정 대리를 통해서 백야의 인물과 접촉하면 되지 않겠습니까?"

"그게 백야는 흑천처럼 조직을 갖고 움직이는 자들이 아니라서 정 대리가 다른 백야의 인물과 접촉이 있는지도 확실치 않습니다. 더구나 흑천과의 싸움에 정 대리가 나서 줄지도 사실 의문입니다."

"대표님이 부탁하시는데요. 아니, 정 대리는 이미 흑천과의 싸움에 발을 내밀었습니다. 대표님의 보호하기 위해서 흑천의 인물들을 처리하지 않았습니까? 반드시 정 대리도 동참할 것입니다."

김만철의 말처럼 티토브 정은 흑천의 인물 둘을 상대하여 도운은 회복 불능 상태로 만들고 또 다른 인물은 사망에 이르게 했다.

"그렇게 될 수만 있다면 천군만마(千軍萬馬)을 얻는 것이 될 겁니다"

티토브 정이 나서 준다면 흑천과의 싸움에 일말의 희망이 보인다.

더구나 티토브 정이 접촉하거나 알고 있는 백야의 인물이 있다면 금상첨화(錦上添花)였다.

"정 대리에게 연락을 취해 한국으로 들어오라고 하겠습니다. 이미 한 번 흑천과 대결을 해봤으니 뭔가 대책이 있을 겁니다."

"그렇게 하세요. 그리고 김 과장님이 말한 것처럼 흑천과 맞섰을 수 있는 조직을 갖추는 방법도 연구해 보도록 하죠."

"알겠습니다. 그건 제 전공분야이니 걱정하지 마십시오."

김만철은 자신감 넘치는 말로 대답했다.

시간이 걸리더라도 흑천과 상대할 조직을 탄탄하게 만들 생각이다.

Chapter 9

며칠 뒤 미국에서 반가운 소식이 전해졌다.

미국으로 수출했던 닉스 신발이 LA를 거쳐 주변 도시에서 뜨거운 반응을 보이고 있다는 것이다.

그중에서 닉스에어-Z(제트)와 닉스에어-X(엑스)가 인기를 끌었다.

미국에 수출한 지 한 달도 채 되지 않아서 10만 켤레의 수출 물량 중 이미 절반 넘게 팔려 나간 상태였고 나머지 수량도 빠르게 빠져나갔다.

팔려 나간 신발 중 삼분의 일은 미국에 거주하는 재미교포 청소년들과 유학생들이 구매했다.

그들은 이미 서울에서 선풍적인 인기를 끌고 있는 닉스 신발에 대한 소식을 접한 것이다.

LA 중심지에 큰 판매장을 갖추고 있는 피터 싱어는 미국에서도 재미교포가 가장 많이 거주하는 LA 주변으로 닉스에 대한 광고 전단과 광고판을 설치했다.

유대인인 피터 싱어의 일차적인 판매 노림수는 재미교포였다.

한국을 방문했던 재미교포나 방학 때 한국에 나왔던 유학생은 닉스의 열풍을 알게 되었고, 유행에 민감한 그들은 닉스 신발을 구매하여 미국으로 건너갔다.

한국에서 이미 당대의 나이키와 아디다스, 퓨마, 리복 등을 꺾은 닉스의 디자인과 뛰어난 품질을 알아본 것이다.

유학생과 재미교포가 구매해 간 닉스 신발을 싣고 다니자 곧바로 주변의 시선을 끌었고 제품에 대한 문의가 많아졌다.

그 상황에서 LA에 상륙한 닉스는 방송 광고도 없는 상태에서 뛰어난 판매량을 올린 것이다.

예상을 훨씬 뛰어넘은 인기에 힘입어 닉스 신발을 수입했던 피터 싱어가 또다시 25만 켤레의 주문을 요청했다.

금액으로 따져도 300억에 가까운 금액이었다.

피터 싱어와 계약을 맺을 당시 20만 켤레 이상 주문할 때에는 판매 금액에서 20%를 할인해 주기로 했다.

현재 수출된 신발들은 국내에서 판매되는 닉스 신발보다 15~20% 더 높은 가격으로 미국 현지에서 판매되고 있었다.

"이거 시기가 절묘하게 겹쳤는데요."

닉스의 디자인실을 이끌고 있는 정수진 실장의 말이다.

현재 부산과 대구, 그리고 광주에 새롭게 닉스 판매장을 열었다.

반응은 생각대로 뜨거웠고 그동안 서울에만 매장이 있어 닉스 신발을 구매하지 못했던 사람들이 몰렸다.

공장을 임대해서 생산량을 늘렸지만 새롭게 출시한 제품의 판매량이 빠르게 늘어나자 벌써부터 생산량이 주문량을 따라잡기가 힘들어졌다.

"그렇게 말입니다. 피터 싱어의 요구하는 날짜를 맞추지 못할 것 같은데. 3~4개월 후에나 반응이 나올 줄 알았는데 벌써 조짐이 심상치가 않네요."

문제는 미국에서 요구한 날짜에 제품을 맞출 수가 없다는 것이다.

"다른 곳은 주문이 없어서 난린데 저흰 주문량이 많아서 걱정이니. 정말 배부른 걱정을 하고 있네요."

정수진 실장의 말처럼 닉스는 다른 신발 회사와는 전혀

다른 방향으로 가고 있었다.

신발 공장 대다수가 외국에서 들어오는 주문량 감소와 인건비 상승으로 인해서 인건비가 저렴한 동남아시아로 눈을 돌렸다.

인건비가 상당한 부분을 차지하는 신발 업체 특성 때문이다.

그나마 버티고 있는 신발 회사들도 살아남기 위해서는 외부로 눈을 돌려야만 하는 실정이었다.

"일단 한 소장님하고 상의를 해봐야겠습니다. 그리고 김상희 씨는 어떻습니까?"

이은미의 사촌 동생인 김상희는 닉스프리(NIX—Free)에 대한 포트폴리오를 준비해 면접을 봤다.

그녀가 준비해 온 자료와 포트폴리오는 파리의상조합을 최우등으로 졸업한 실력이 여지없이 드러났다.

그녀의 디자인에는 닉스의 디자인이 추구하는 혁신, 그리고 신선함과 세련됨이 잘 표현되었다.

정수진 실장은 발표가 끝나자마자 그 자리에서 바로 그녀에게 함께 일하자는 말을 건넸다.

나 또한 정수신 실장의 의견과 같았고 바로 김상희의 입사를 허락했다.

"잘 적응하고 있습니다. 신발 디자인을 처음 접하는 거라 시간이 필요하지만 워낙 감각이 뛰어나서 곧 좋은 작품이 나올 것 같습니다. 두세 달 정도 적응을 한 후에는 김상희 씨에게 닉스프리 팀을 맡길 생각입니다."

"정 실장님이 잘 이끌어 주세요. 서울은 정 실장님이 부산은 한 소장님이 이끌고 나가셔야 제가 부담을 덜 수 있습니다."

"대표님이 중간에서 조율을 잘해 나가고 계시니까 저희가 마음 놓고 일할 수 있네요. 정말 대표님을 만나지 못했다면 부산에 있는 다른 공장처럼 한국신발연구소도 도태되거나 공장문을 닫았을지도 모릅니다. 그렇게 되면 저나 한 소장님도 이 일을 계속해서 하지 못했을 거예요."

닉스의 제1공장의 전신이 한국신발연구소였다.

"저야말로 두 분을 만날 수 있어서 닉스가 탄생할 수 있었습니다. 미국에도 닉스 신발이 통한다는 것을 알았으니, 이제부터 더 분발해서 아예 미국 시장을 잡아먹어야지요."

"예, 말씀대로 더 힘을 낼게요. 정말 이런 날이 올 줄 꿈에도 몰랐네요."

정수진 실장은 표정이 살짝 상기되었다.

디자인실이라고 할 수 없었던 부산 공장 시절에는 대부분 외국에서 요구하는 대로 신발을 생산하고 판매했다.

정수진 실장이 디자인해서 제품으로 출시한 것은 하나의

제품뿐이었고, 특수화를 제작하는 공장 특성상 많은 사람이 정수진 실장이 만든 신발을 신어보지 못했었다.

"앞으로 더 놀랄 일이 있을 것입니다. 닉스는 이제부터 시작이니까요."

정수진 실장은 내 말에 고개를 끄떡이며 나에게 무한 신뢰를 보냈다.

내 말처럼 닉스는 대한민국에서 안주할 생각은 없었다. 세계는 넓고 닉스를 판매할 시장도 넘쳐났다.

*　　　　*　　　　*

이틀 뒤 미국 수출과 관련된 회의가 닉스 본사에서 열렸다.

부산 공장을 책임지고 있는 한광민 소장까지 올라왔다.

미국으로의 본격적인 수출은 분명 닉스에 있어서 안정된 판매망을 하나 더 갖게 되는 일이다.

처음 수출된 10만 켤레가 별다른 반응이 없었다면 미국 시장은 한동안 보류해야만 했다. 하지만 뜨거워진 시장 반응에 상황이 달라진 것이다.

"이거 시간이 너무 빡빡한데."

한광민 소장의 말이다.

미국에서 요구하는 시간은 삼 개월이었다. 삼 개월 이내에 25만 켤레를 모두 보내달라고 요구했다.

이번에 새롭게 출시된 닉스—레오나와 닉스—스톤도 포함해 달라는 요청이다.

"야간작업을 해도 힘들겠지요?"

고민하는 표정이 역력한 한광민 소장에게 물었다. 생산과 관련된 업무는 모두 한광민 소장이 맡고 있었다.

"음, 신규 매장들의 오픈에 맞추어서 생산량을 세팅한 거라서 야간작업을 통해 추가 생산량이라고 해봐야 최대 10만 켤레가 한계야."

현재 닉스의 국내 매장은 모두 여섯 개로 늘어났다.

추가로 가로수길에 본사 건물이 완공되면 하나의 매장을 더 오픈할 계획이다.

"다른 방법이 없겠습니까?"

한수진 실장의 질문이었다.

"정 안되면 다른 생산 공장을 알아봐야 하는데, 문제는 신발 제작의 숙련도가 문제야. 닉스 신발 제작은 일반적인 방법이 아니라서 적어도 두세 달은 손에 일이 익어야 하거든. 그렇게 하지 않으면 불량률이 높아져서 말이야."

닉스의 장점은 세밀한 제작과 함께 꼼꼼한 검사를 통해서 문제 소지가 있는 신발이 나오지 않는 것이다.

그 덕분에 신발 제작 시간이 다른 신발보다 좀 더 시간이 걸렸다.

"품질을 최우선으로 해야 합니다. 미국으로의 수출도 중요하지만 품질 저하가 발생하는 방법은 배제해야 할 것 같습니다."

"나도 강 대표의 말에 찬성이야. 닉스 신발은 지금까지 멋진 디자인과 뛰어난 품질로 인정을 받은 거라고."

한광민 소장 또한 내 말에 동조했다.

"미국에 연락을 취해서 10만 켤레가 최대 수량이라고 말해야겠습니다. 대신 할인율을 18%에서 20%로 올려주지요."

"아깝지만 그게 최선인 것 같네. 서울로 올라오기 전에도 여러 가지 방법을 생각해 봤지만 뚜렷한 방법이 없더라고. 신규 매장들의 판매량도 우리 예상보다 웃돌고 있으니까 말이야."

한광민 소장의 말처럼 부산을 필두로 대구와 광주에 만들어진 매장들의 판매량이 예상치를 훨씬 넘어서고 있었다.

그동안 서울에서만 신발을 판매되었던 터라 신발을 사지 못했던 사람들이 닉스를 구매하고 있었다.

더욱이 가까운 도시나 지역에서 원정 온 사람들까지 가

세했기 때문에 판매량은 늘어만 갔다.

"알겠습니다. 판매량이 늘었다고 해서 다시금 생산 설비를 늘릴 수는 없습니다. 지금은 현재 상태로 생산량을 맞추어서 나가는 걸로 하지요."

닉스의 인기는 한정된 생산량과 쉽게 구매할 수 없다는 점도 크게 한몫했다.

회의를 끝마칠 무렵 한 통의 전화가 닉스로 걸려왔다.

피터 싱어의 전화였다.

미국의 수출된 닉스 신발 중 90%가 팔려 나갔다는 소식을 전달했다.

그는 최대한 빨리 신발을 보내 달라고 요구했지만 나는 회의 결과를 그대로 전해주었다.

─그러면 15만 켤레를 보내주십시오. 대신 마진율을 16%로 하겠습니다.

피터 싱어의 마음은 급했다. 그리고 자신의 판단이 맞았다는 확신이 들었다.

닉스는 미국의 젊은이들에게 새로운 붐을 일으킬 수 있는 충분한 역량이 있었다.

피터 싱어는 자신의 이익을 낮추면서까지 닉스 신발을 요구했다.

미국 현지의 상황을 눈으로 보지 않아서 모르겠지만, 한

국보다 더 치열하게 판매 전쟁이 벌어지고 있는 미국에서 닉스가 통한 것이다.

그때 불쑥 미국으로 가야겠다는 생각이 들었다.

Chapter 10

　수출 문제로 닉스가 한창 바쁘게 돌아가고 있을 때 즈음 도시락에서 사고가 터졌다.

　돼지고기 문제로 사우디아라비아 제다항구에 묶여 있던 도시락라면을 대신해, 신규로 보냈던 도시락라면에 문제가 생긴 것이다.

　사태를 수습하기 위해 사우디아라비아로 출장을 떠난 전승환 과장이 제다에 도착하기 전에 일이 터졌다.

　컨테이너를 옮기던 중에 잠겼던 문이 갑자기 열리면서 도시락라면이 담긴 박스가 밖으로 떨어져 내렸다.

문제는 밖으로 떨어진 박스들 중 상당수가 비어 있는 박스였다.

이 사실을 알게 된 관계자가 도시락으로 전화를 걸어 문제를 제기한 것이다.

"무슨 생각으로 빈 박스를 보냈는지 모르겠습니다. 다른 컨테이너에 담긴 박스도 대부분 비어 있었다고 합니다."

조상규 과장의 말을 듣자니 뭔가 이상했다.

신규로 보낸 5만 상자 중 3백여 개만 도시락라면이 실제로 들어 있었고 나머지는 모두 빈 박스였다.

사우디아라비아의 수출과 관련된 상황을 책임지고 있는 해외영업 2팀의 김경렬 부장은 연락이 되지 않고 있었다.

"혹시 제다항에 묶여 있던 도시락라면과 바꿔치기하려고 한 거 아닌지 모르겠습니다."

순간 머릿속에 떠오른 생각이었다.

매달 생산량이 정해져 있는 도시락라면을 2주도 안 돼서 5만 박스를 다시금 보냈다는 것이 말이 안 되었다.

해외영업 2팀은 도시락라면 5만 박스를 신규로 제다로 보냈다는 상황을 보고도 하지 않았다.

"설마 그럴 리가 있겠습니까?"

그때 머릿속에서 불현듯 스치는 생각이 있었다.

"해외영업 2팀에서 도시락라면의 스프 성분분석표를 사우디아라비아 국가식량국에 제출한다고 하지 않았습니까?"

"예, 저도 그렇게 들었습니다."

"짚이는 데가 있어서 그러는데 국가식량국에 제출한 스프 성분분석표를 볼 수 없을까요?"

"예, 제가 한번 알아보겠습니다."

내 말에 조상규 과장이 대표실 밖으로 나갔다.

그리고 얼마 뒤 서류 하나를 들고 들어왔다. 내가 이야기했던 스프 성분분석표였다.

스프 성분분석표를 살펴보자 내가 생각했던 대로 스프에 첨가되어 있던 돼지고기 성분이 소고기로 바뀌어 있었다.

"현재 도시락라면 스프에 소고기가 들어가 있습니까? 제가 알기로든 돼지고기만 들어간 것으로 알고 있는데."

"예, 도시락라면 스프에는 돼지고기만 들어가고 있습니다."

"그럼 이건 뭐죠?"

내가 손가락으로 가리킨 항목에는 분명 소고기라고 적혀 있었다.

"이거 아무래도 스프 성분분석표를 조작한 것 같습니다."

내 말에 조상규 과장은 자신이 생각한 것을 말했다. 나 또한 그와 같은 생각이었다.

"김경렬 부장은 연락되었습니까?"

"해외영업 2팀에서 계속 연락을 취하는 것 같은데 아직 연락되지 않은 것 같습니다."

"원칙을 무시하고 공문서까지 위조하면서 일을 벌이다니. 일단 다른 문제가 또 있는지 알아보세요."

"예, 바로 알아보겠습니다."

조상규 과장도 문제의 심각성을 인지했다.

잘못하면 사우디아라비아 수출 건으로 인해서 도시락 전체에 큰 타격을 줄 수 있다.

그때 밖에서 큰 소리가 들려왔다.

목소리의 주인공은 다름 아닌 김대철 사장이었다.

회사에 있는 누군가가 김대철 사장에게 연락을 취한 모양이다.

큰 소리가 들려온 곳은 해외영업 2팀이었다.

이젠 더는 해외영업 2팀의 행태를 두고만 볼 수 없었다.

나는 김대철 사장이 있는 곳으로 향했다.

"김 부장 어디 갔어? 너흰 도대체 뭐하는 놈들이야!"

얼마 전까지 해외영업 2팀을 입에 침이 마르도록 칭찬했던 김대철 사장의 모습이 아니었다.

그런 김대철 사장에게 지금 상황에 대해서 듣고 싶었다.

한데 그의 입에서 뜻밖의 소리가 나를 향해 터져 나왔다.

"아니! 강 사장, 어떻게 회사를 운영했기에 이런 일이 발생합니까?"

적반하장도 유분수였다.

실질적으로 해외영업 2팀을 주도한 것은 김대철 사장과 김경렬 부장이었다.

어느 순간부터 해외영업 2팀은 나에게 업무보고를 하지 않았다.

이미 회사에 근무하는 직원들 모두가 이러한 사실을 알고 있었다.

나는 김대철 사장의 말에 당황하지 않았다. 아니, 너무나 우스웠다.

"글쎄요. 우선은 담당자의 말을 들어봐야 하는데 저는 한 달 전부터 김경렬 부장의 보고를 받지 못했습니다. 그 이유는 김 사장님이 더 잘 알고 계실 것입니다."

"지금 나한테 책임을 전가하는 겁니까? 도시락의 대표는 강 사장이에요. 아랫사람들이 따르는 것도 강 사장의 몫이고."

"물론 회사를 운영하고 직원들을 이끌어 가는 것은 회사 대표의 몫입니다. 저는 제게 주어진 권한 내에서는 최선을 다해 일하고 있습니다. 해외영업 2팀은 제 권한 밖에 일입니다."

지금껏 해외영업 2팀의 중요 회의 때 참석한 인물은 김대철 사장이었다.

"지금 그걸 일일이 따질 때입니까? 대책을 세워야지요."

"당연히 세워야지요. 분명 사우디아라비아 쪽에서 배상 청구나 이의제기를 해올 것입니다. 그만한 대책 또한 유능한 2팀에서 세워놓았겠지요. 안 그렇습니까?"

나는 오히려 김대철 사장에게 반문했다.

그러한 모습을 지켜보고 있는 직원들 모두가 긴장한 표정이 역력했다.

해외영업 2팀의 직원들은 모두 죄지은 사람처럼 고개를 숙이고 있었다.

지금 제다항구에서 벌어진 일은 김경렬 부장과 전승환 과장만 알고 있었다.

다른 사람들은 실제로 5만 상자의 도시락라면에 새롭게 소고기 스프가 첨가되어 보내진 것으로 알았다.

내 말에 김대철 사장은 할 말을 잃은 듯 나를 노려볼 뿐이었다.

"그리고 여기 서류를 보니까, 저도 알지 못하는 소고기 스프가 첨가된 도시락라면을 제다에 보낸 것으로 되어 있습니다. 이건 들으셨습니까? 저도 오늘에야 처음 알았습니다."

내 말에 김대철 사장의 얼굴이 울그락불그락해지며 뻘겋게 달아올랐다.

"이게 무슨 소리냐? 소고기 스프라니?"

김대철 사장은 해외영업 2팀의 최수철 과장을 바라보며 말했다.

"그게 김 부장님하고 전 과장이 주도한 일이라서 저도 잘 모르겠습니다. 대책 회의 때 스프에 첨가된 돼지고기를 소고기로 바꾸자는 이야기는 나왔었습니다. 그 후의 일은 저도 잘 알지 못합니다."

"이놈이 도대체 일을 어떻게 진행한 거야?! 다시 한 번 연락해 봐!"

김대철 사장은 자신에게 아무런 통보도 없었던 것에 더 화가 난 것 같았다.

김대철의 말에 옆에 있던 여직원이 전화기를 붙잡고는 다이얼을 눌렀다.

"후! 강 사장, 나와 이야기 좀 합시다."

김대철 사장은 큰 한숨을 쉬고는 회의실 안으로 들어갔다.

여직원이 녹차를 가지고 온 후에야 김대철 사장은 말문을 열었다.

"어떻게 했으면 좋겠습니까?"

"솔직하게 말씀드리겠습니다. 해외영업 2팀이 진행했던 일들은 전혀 회사에 도움이 되질 않습니다. 공문서까지 위조해 가면서 일을 진행하는 2팀의 방식은 이해가 되지 않습니다. 그리고 저는 2팀이 싸질러 논 똥을 치우기 싫습니다."

나는 내 속마음을 단도직입적으로 전했다.

"후! 내가 생각이 짧았던 것 같소이다. 한데 공문서 위조는 무슨 말입니까?"

김대철 사장은 한숨을 내쉬며 내게 물었다.

"이걸 한번 보십시오. 이것이 국립보건안전연구원에 의뢰해서 분석한 도시락라면의 스프 성분분석표입니다. 아마도 사우디아라비아 측에서 요구한 것 같습니다. 여길 보시면 원본 성분분석표에는 분명 돼지고기가 첨가되었다고 나오지만 사우디아라비아의 국가식량국에는 소고기만을 첨가했다는 공문을 보낸 것 같습니다. 국가식량국에 해외영업 2팀에서 보낸 공문서를 다시 보내달라고 요청했으니 곧

알 수 있을 것입니다."

이미 해외영업 2팀에서 보낸 공문서를 가지고 있었지만 확실한 것이 좋았다.

때마침 조상규 과장이 팩스로 들어온 스프 성분분석표를 회의실로 들고 들어왔다.

"사우디아라비아의 국가식량국에서 보내왔습니다."

조상규 과장에게서 서류를 김대철 사장에게 보여주었다.

역시나 그곳에는 돼지고기가 아닌 소고기라는 단어가 적혀 있었다.

실질적으로 스프 성분은 바꾸지 않고 서류만 조작해서 보낸 것이다.

"이런 놈을 봤나! 정말 어이가 없군."

팩스로 들어온 서류와 원본 성분분석표를 번갈아 보던 김대철 사장의 얼굴이 일그러졌다.

"수출 관련 서류도 다시 한 번 검토해 봐야 할 것입니다. 지금 같은 상황에서는 그 서류도 믿을 수 없으니까요. 그리고 한 말씀 더 드리자면 아프리카는 물을 끓일 연료나 조리 도구가 많이 부족합니다. 도시락라면을 받아도 대다수가 그냥 생으로 면만 먹을 수밖에 없습니다."

지금 사우디아라비아에서 도시락라면을 보내려고 하는 곳은 내전으로 고향과 거주하던 집을 떠난 난민촌이다.

그들은 실제 가장 기초적인 조리 도구도 부족한 상황이었다.

도시락라면이 아무리 간편하게 먹을 수 있는 즉석라면이라지만 뜨거운 물이 필요했다.

아프리카의 조리 도구라고는 양철통이나 찌그러진 냄비가 다였다.

더구나 대다수 나무를 연료로 사용했다.

난민촌에는 이러한 나무나 조리 도구가 많이 부족한 상태였다.

"강 사장의 말을 듣고 보니 허술한 게 한둘이 아닌 것 같습니다. 내가 너무 안이하게 생각한 게 아닌지 모르겠소. 김경렬 부장을 너무 믿었던 내 잘못이 큽니다. 후우! 내가 순간 눈이 어두워져 욕심을 너무 부렸습니다. 정말 방법이 없겠소이까?"

김대철 사장은 뒤늦게 후회를 하고 있었다.

"중동 수출 건을 모두 백지화시키는 것밖에는 없습니다. 김 사장님께서 저에게 말씀해 주신 것처럼 장사꾼은 이익이 남는 장사를 해야 하지 않겠습니까."

"그럼 손해가 이만저만이 아니겠소?"

"감수해야지요. 그것이 오히려 손해를 더 줄일 수 있습니다."

이미 제다항구에 있는 도시락이라면 5만 상자가 폐기될 수 있었다.

금액으로 환산하면 4억 8천만 원이었다.

그때였다.

밖에서 웅성거리는 소리가 들려왔다.

그리고 얼마 뒤 김경렬 부장이 회의실로 성큼성큼 들어왔다.

"김 부장! 이게 대체 어떻게 된 일이야?"

김대철 사장은 김경렬 부장을 향해 소리치듯 말했다. 그의 얼굴은 전과 같이 김경렬을 향해 웃고 있지 않았다.

"모든 건 제 불찰입니다. 제가 아랫사람을 잘못 거느려서 그런 것입니다."

"무슨 말을 하는 거냐?"

"제가 전 과장을 말려서야 했는데……, 이번 일은 제가 수습하고 회사에 사표를 내겠습니다."

김경렬 부장은 사우디아라비아로 출장 중인 전승환 과장에게 이번 일을 떠넘기고 있었다.

전승환 과장이 현재 제다항구에서 벌어진 일을 주도한 것으로 말이다.

"이걸 어떻게 수습하려고? 사우디아라비아에서 손해배상이라도 청구하면 어떻게 하려고 그러는데?"

김경렬 부장의 말에 김대철 사장은 화가 풀린 모습이 아니었다.

이전과 같이 존댓말을 하지도 않았다.

"사우디아라비아의 국가식량국과는 아직 정식 계약을 맺지 않았기 때문에 손해배상은 청구하지 못할 것입니다. 제다항구에 묶인 도시락라면은 레바논으로 이송해서 팔면 어느 정도 손해는 만회할 수 있을 것입니다. 그쪽에 있는 관계자와 연락을 취해 놨습니다."

"뭐? 정식 계약을 맺지 않았다니 그게 무슨 말이야?"

김경렬의 말에 김대철 사장의 눈이 황소 눈깔만 하게 크게 떠졌다.

"도시락라면과 태국의 즉석쌀국수 중 하나를 선택하기로 되어 있었습니다. 국가식량국에서 도시락라면으로 거의 선택되는 단계였습니다."

김경렬 부장은 처음부터 이런 이야기를 하지 않았다.

"혹시 제다로 보낸 도시락라면 5만 상자가 무상으로 제공된 것은 아니겠지요?"

김경렬의 말을 듣고 있자니 뭔가 이상한 점이 많았다.

계약 조건을 보면 6개월간 10만 상자 중 5%를 무상으로 제공하는 조건이 있었다.

수량으로 따지면 3만 상자였다.

한데 지금 그의 말을 들어보면 아직 계약이 이루어지지 않은 상태에다가 아직 최종 선택이 이루어지지 않은 것이다.

국가식량국의 선택을 받기 위해서 뭔가 크게 호감을 사는 것이 필요했다.

순간 내 질문에 김경렬 부장의 미간의 골이 깊게 패였다.

"맞습니다. 하지만 작은 걸 주고서 더 큰 시장을 가져오는 것이 더 좋다고 생각했습니다. 시장을 만들면……."

"그만! 더는 꼴 보기 싫으니까. 당장 나가. 뭐해! 나가지 않고."

김경렬의 말에 김대철 사장은 불같이 화를 냈다. 김대철 사장의 말에 김경렬의 눈꼬리가 부르르 떨렸다.

입술을 앙다문 김경렬은 뒤돌아서서 회의실 문을 나갔다.

"후우! 어떻게 했으면 좋겠소? 내 강 사장이 하라는 대로 다 하겠소이다."

한숨을 크게 내쉬며 말하는 김대철의 얼굴에 그늘이 드리워졌다.

오늘 하루 겪은 일 때문인지 그의 얼굴이 몇 년은 더 늙어 보였다.

인간은 절대로 진리에 도달할 수 없는 무수한 부조리에
둘러싸여 살아간다.

　　그리고 뭐가 뭔지 전혀 알지도 못한 채 죽어가는 것이 인
간이다.

　　어제 감명 깊게 읽었던 책의 한 구절이었다.

　　달라진 김대철 사장의 모습에서 그러한 생각이 들었다.

　　"김 사장님께서 도시락에서 손을 떼시는 게 좋을 것 같습
니다."

　　나는 단도직입적으로 말했다.

　　이전 같았으면 당장 불같이 화를 낼 말이었지만 김대철
사장은 말없이 눈을 감고 생각에 잠겼다.

　　한동안 말이 없던 김대철 사장이 어렵게 입을 열었다.

　　"그럼 내가 얻을 이득은 무엇입니까?"

　　김대철 사장은 타고난 장사꾼이었다. 이러한 행동 때문
에 지금의 부를 손에 쥘 수 있었다.

　　"글쎄요. 지금 당장은 회사를 정상적으로 돌려놓는 것이
고 그다음은 회사가 정정당당하게 성장해 나가는 모습을
보시는 것이지요. 지금 모든 것을 포기하신다면 5년 안에
투자하신 금액의 두 배를 돌려드리겠습니다."

"허허! 지금 이천 공장 용지만 해도 30%가 넘게 올랐소이다. 두 배는 너무 박한 것 같소이다."

"그럼 4년으로 하지요. 여기서 더는 무리인 것 같습니다."

4년 만에 100%의 이익을 얻게 해주는 것이다. 이만한 조건은 쉽지 않았다.

물론 도시락을 내가 소유하게 되면 이보다 비교할 수 없는 이익이 나에게 돌아온다.

그러한 사실을 김대철 사장은 전혀 알지 못했다. 굳이 알려줄 필요성도 못 느꼈다.

사우디아라비아 건은 오히려 나에게 새로운 기회로 다가왔다.

한마디로 전화위복(轉禍爲福)이었다.

"하하하! 강 사장의 배포에 내 두 손 두 발 다 들었소이다. 좋소! 그렇게 합시다."

김대철 사장은 구겼던 얼굴을 펴며 호쾌하게 말했다.

"대신 회사의 인원 정리를 해야겠습니다. 제 말을 듣지 않는 직원이 너무 많아서요."

내가 말한 의미를 그는 바로 알아챘다.

"물론 그래야지요. 모든 권한을 강 사장에게 넘길 것이니 회사의 주인으로서 당연히 그래야지요."

김대철 사장은 군말없이 내 말에 동조했다.

김대철 사장이 회사에 데리고 들어온 인물이 적지 않았다. 그들 대부분을 정리할 생각이다.

능력이 아까운 인물도 있었지만 회사의 분란을 일으킬 소지가 있었다.

더구나 김대철 사장의 눈과 귀가 되었던 인물들이었기에 그들로 인해서 언제 다시 김대철 사장이 전면에 나서지 말라는 법이 없었다.

아직 김대철 사장에게 도시락 지분을 인수할 능력이 없기 때문이다.

지금은 러시아에 현지 공장을 짓는 것이 우선이다.

도시락의 여유 자금과 현재 내가 동원할 수 있는 자금은 모두 그쪽으로 사용될 예정이다.

"그런데 사우디아라비아 건은 어떻게 처리할 것입니까?"

김대철 사장은 궁금한 듯 물었다.

제다항구에 묶여 있는 도시락이라면 5만 상자는 결코 적은 양이 아니었다.

"생각한 게 있는데 우선은 전승환 과장과 통화가 이루어져야 할 것 같습니다."

"강 대표가 알아서 잘할 거라 믿습니다. 내가 해줄 일은 없겠습니까?"

"있습니다. 오신 김에 전 직원 앞에서 김 사장님이 손을 떼신다는 말씀을 해주십시오."

"음, 그리되면 직원들이 동요하지 않겠습니까? 천천히 하는 게 낫지 않겠소?"

"아닙니다. 쇠뿔도 단숨에 빼라고 말이 나온 김에 회사의 업무 체계를 바로 잡아야 합니다."

미루어서 될 일이 아니었다.

하루라도 빨리 도시락을 정상적인 체계로 돌려놓아야 한다.

현재 도시락은 부서끼리 따로 놀고 있는 상태였다.

"알겠소이다. 이미 강 대표에게 좋은 가격으로 회사를 넘기기로 했으니, 그 정도의 수고는 해주어야겠지요."

김대철 사장은 더는 토를 달지 않았다.

도시락 본사에 있는 직원들 모두가 한자리에 모여서 김대철 사장의 이야기를 들었다.

"이번 일을 계기로 저는 회사의 모든 지분을 강태수 사장에게 넘기고 도시락에서 손을 뗄 것입니다. 여러분도 그 점을 인지하시고 여기 계신 직원들 모두가 강태수 대표를 믿고 열심히 일해주기 바랍니다."

김대철 사장의 발표에 직원들의 표정에 희비가 엇갈렸다.

해외영업 2팀 직원들의 표정은 우거지상이었고 1팀은 기뻐하는 표정이 역력했다.

또한 김대철 사장의 사람들도 표정이 좋지 않았다.

김대철 사장이 도시락을 떠난 후 나는 해외영업 2팀을 모두 회의실로 불렀다.

하지만 김경렬 부장은 내 부름에 응답하지 않고 퇴근을 해버렸다.

그는 이미 도시락이 아닌 다른 회사를 찾고 있을 것이다.

"사우디아라비아 건이 잘못됐다는 것을 여러분도 잘 알고 있을 것입니다. 이번 일로 인해서 회사는 적지 않은 금전적인 손해와 이미지에 타격을 입었습니다. 그에 대한 해결 방안을 들어보고 싶어서 여러분을 이 자리로 불렀습니다. 각자가 생각하고 있는 방법을 말해주시기 바랍니다."

이미 내 머릿속에는 구체적인 방법이 들어 있었다.

그럼에도 이 자리를 만든 것은 지금 내 눈앞에 있는 이들이 도시락에 얼마나 애정을 갖고 일했는지 알고 싶어서이다.

내 질문에 입을 여는 인물은 없었다. 다들 서로의 눈치만 보고 있었다.

사실 이번 건에 대해서 김경렬 부장이 회의를 주재했었지만 뚜렷한 방법을 제시한 인물은 없었다.

　다들 위에서 시키는 일은 잘했지만, 그 이상은 아니었다.

　이들은 능력이 뛰어나 도시락으로 스카우트된 것이 아니라 김경렬 부장의 체제를 굳건히 하기 위해서 데려온 김 부장의 심복일 뿐이었다.

　이들은 회사에 대한 열정도 애정도 보이지 않았다.

　더욱이 도시락이 얼마나 발전해 나갈 비전 있는 회사인지도 파악하지 못했을 것이다.

　"아무도 없습니까?"

　시간을 두고 재차 질문을 던졌지만 어느 누구도 말이 없었다.

　"알겠습니다. 이번 일은 중차대한 일이었습니다. 이 일에 대한 시시비비는 분명 가릴 것이고 그에 대한 책임소재도 분명 물을 것입니다. 자, 다들 자리로 돌아가십시오."

　해외영업 2팀은 자리에서 일어나 회의실에서 나갔다.

　그들의 어깨는 축 처져 있었고 기운이 하나도 없었다.

＊　　　＊　　　＊

　저녁때가 다 되어서 제다로 출장 간 전승환 과장과 통화를 할 수 있었다.

나는 그에게 있는 그대로 회사에서 벌어진 일에 관해서 이야기해 주었다.

또한 회사에 손해를 끼친 대가를 받아낼 것이라는 말도 전했다.

전승환 과장은 제다항구에서 벌어진 일로 김경렬 부장과 통화를 하기 위해 노력했지만 그와는 통화할 수 없었다.

또한 내가 말한 내용은 이미 해외영업 2팀을 통해서 대충은 알고 있었다.

―정말 죄송합니다. 저도 이렇게까지 일이 진행될 거라고는 생각지 못했습니다. 한 번만 선처를 해주십시오. 제게 딸린 식구가 넷이나 됩니다.

전화기 너머로 들려오는 전승환 과장의 목소리는 울먹이기까지 했다.

도시락라면 5만 상자는 4억 8천만 원이었다.

거기다가 운송비와 여러 가지 제반 경비를 더 하면 5억 원이 훌쩍 넘는 금액이었다.

"음, 한 가지 방법이 있습니다. 지금 당장 제다항구에 선적한 배 중에서 러시아 국적의 배가 있는지 알아보십시오. 제다항이 아니라도 좋으니 가까운 항구들도 알아보세요. 그리고 다시 저에게 연락하십시오."

─알겠습니다, 대표님. 바로 알아보겠습니다.

내 말에 전승환 과장의 목소리가 밝게 바뀌었다.

지푸라기라도 잡고 싶은 심정에서 내가 방법을 제시해 준 것이다.

그리고 30분 후에 그에게서 다시 전화가 걸려왔다.

─제다항에 어제 입항한 러시아 화물선이 있습니다.

"그럼 배의 선장을 만나서 도시락라면의 구매 의사를 타진해 보세요. 최대 20%까지는 할인을 허용하도록 하겠습니다. 제다항에 있는 도시락라면을 모두 판매하면 사우디아라비아 건으로 발생한 문제를 묻지 않겠습니다."

─5만 상자 전부 말이십니까?

"예, 5만 상자 전부입니다. 좋은 소식을 기대하겠습니다."

─알겠습니다. 나시 언릭드리겠습니다.

전화를 끊는 전승환 과장의 목소리에 힘이 없었다.

하지만 그에게도 도시락에게도 러시아 국적의 화물선이 제다항에 머물고 있다는 것은 좋은 징조였다.

지금 러시아에서는 도시락라면이 품귀 현상을 빚고 있었다.

현지에서 팔리는 가격보다 더 비싼 가격에라도 구매를 원하는 사람이 점점 늘어나고 있었다.

해외영업 2팀의 중동 수출 건으로 인해서 러시아로 수출되던 물량이 더 줄어든 탓도 있었다.

*   *   *

다음 날 오전 전승환 과장에게서 전화가 걸려왔다.

―모두 팔았습니다. 가격은 10%를 할인하는 것으로 했습니다. 자세한 상황은 서류를 작성해서 팩스로 보내도록 하겠습니다.

전승환의 목소리는 들떠 있었다. 무겁게 짓눌렀던 압박감에서 해방된 기분일 것이다.

"잘하셨습니다. 약속한 대로 회사에서는 전 과장님께 손해배상을 청구하지 않을 것입니다. 대신 이번 일에 대한 책임은 지셔야 합니다."

책임소재는 분명하게 해야만 했다.

―잘 알고 있습니다. 감사합니다, 대표님.

전승환 과장은 홀가분한 기분이었다.

"마무리 잘하시고 돌아오십시오."

―예, 정리를 다 마치고 돌아가겠습니다.

러시아 화물선 선장은 도시락라면에 대해서 잘 알고 있었다.

더욱이 그의 화물선에도 도시락라면을 준비해서 출항을 했었다.

선장은 전승환 과장의 제안을 흔쾌히 받아들였다.

더구나 10% 할인된 가격에 준다는 것은 큰 이득이었다.

선장은 화물선 선원들을 모두 모아놓고 이 사실을 알렸다.

선장을 비롯한 30명의 러시아 선원 모두가 가진 돈을 모두 합하여서 도시락라면을 구매하기로 결정했다.

도시락라면을 러시아로 가져가 상인들에게 넘기면 적어도 40%의 이득을 볼 수 있기 때문이다.

사우디아라비아 건으로 인해서 도시락은 새로운 계기가 마련되었다.

다음 날 김대철 사장의 언질을 받았는지, 그가 데려오거나 관계되었던 직원들 모두가 일괄적으로 사표를 제출했다.

그들은 인수인계를 진행할 수 있는 직원이 들어오기까지 회사에 머물겠다는 의사를 표했다.

도시락을 떠나는 그들은 김대철 사장이 관리하는 회사로 옮겨갈 것이다.

해외영업 2팀의 인물들은 다른 회사를 구할 때까지만 회사에 다니기로 했다.

그만한 편의는 봐주기로 했다.

하지만 김경렬 부장은 어떠한 의사표시도 없이 무단결근을 했다. 그에게는 반드시 이번 건에 따른 책임을 물을 생각이다.

해외영업 2팀 중 이번 일과 관계없는 여직원을 뺀 나머지 남자직원들 모두에게 사표를 받아 퇴사 처리하기로 했다.

그들 모두가 김경렬 부장이 데려온 직원이었고, 회사대표인 내 말보다도 김경렬의 말을 따랐다.

더구나 지금처럼 해외영업 팀을 2개로 가지고 갈 필요성이 전혀 없었다.

인원들이 정리되는 과정에서 도시락에서 지출되는 인건비 부분이 상당히 줄어들게 된다.

더욱 중요한 것은 생산되는 도시락이라면 대부분을 러시아로 돌릴 수 있게 된 것이다.

며칠 뒤 김대철 사장과의 지분 계약은 주현노 변호사가 함께 참여해서 법률적인 부분을 완전히 정리했다.

이젠 완벽하게 도시락회사 지분을 백 퍼센트 소유하게 되었다.

도시락은 쉽지 않은 내부 진통을 겪었다.

하지만 비가 온 뒤에 땅이 더 굳어지는 것처럼 이 때문에 더욱 탄탄한 회사로 성장할 토대가 마련된 것이다.

도시락은 이제부터 러시아와 동유럽 공략에 더욱 박차를 가할 수 있게 되었다.

Chapter 11

　도시락은 빠르게 안정되어 갔다.

　해외영업 2팀에서 추진했던 중동 수출과 관련된 상황은 모두 백지화하였다.

　그로 인한 금전적 손해가 발생했지만 발 빠른 조치로 최소한의 금액으로 처리할 수 있었다.

　사우디아라비아 건으로 인해 회사가 받은 손해에 대하여 내용증명서와 함께 김경렬 부장에게 민사소송을 제기했다.

　또한 김경렬 부장은 다른 해외영업 2팀 직원들과 달리 자발적 퇴사가 아닌 회사에서 파면 조치되었다.

그에 따라 김경렬 부장은 회사 규정상 퇴직금과 월급이 지급되지 않았다.

회사의 이러한 조치에 김경렬은 당혹스러워했고 내가 아닌 김대철 사장을 찾아가 선처를 호소했다.

하지만 모든 지분과 권한이 나에게 넘어온 이상 김대철 사장은 회사에 영향을 끼치지 못했다.

김대철 사장은 전화를 걸어 넌지시 나에게 말을 꺼내지만 나는 일언지하(一言之下)에 거절했다.

김경렬 부장은 나를 너무 쉽게 본 것이다.

대기업 출신에다가 발 빠르게 움직인 덕분인지 다른 사람보다 먼저 직장을 구했다.

하지만 도시락에서 파면 조치된 사유로 인해서 새롭게 구한 직장에서 그에 대한 이유를 묻는 전화가 걸려왔다.

나는 분명하게 도시락에 피해를 준 상황을 전달하라고 지시했고, 회사에 손해를 끼친 일로 재판이 벌어지고 있다는 사실도 알려주었다.

그 결과 김경렬 부장은 새롭게 이직한 회사에 다닐 수 없게 되었다.

그런 일이 있은 후에야 김경렬 부장이 나를 찾아왔다.

"대표님, 정말 죄송합니다. 제가 회사에 끼친 손해는 최대한 갚겠습니다. 한 번만 선처해 주십시오. 제가 꾸려 나가야 할 가정이 있어서 그렇습니다."

김경렬은 나에게 처음으로 고개를 숙이며 말했다.

"너무 늦게 오신 것 같습니다. 일의 우선순위를 김 부장님은 잘 모르시는 것 같습니다. 지금은 말로써 해결될 문제가 아닌 것 같습니다."

그가 나에게 먼저 잘못을 구하고 업무에 대한 인수인계를 제대로만 했다면 지금 같은 일은 벌어지지 않았을 것이다.

김경렬 부장은 회사를 무단결근했고 회사의 전화를 회피했다.

그리고 본인이 아닌 해외영업 2팀의 인물을 통해서 퇴직서를 보내왔다.

그가 중동 건으로 도시락에 끼친 손해는 일억 원에 가까웠다.

만약 제다항구에 묶여 있던 도시락라면 5만 상자가 러시아 상선에 팔리지 않았다면 손해액은 이보다 훨씬 커졌을 것이다.

"제가 정말 어리석었습니다. 집에 계신 노부모님도 무척이나 걱정하고 계십니다. 금액을 조금만 낮추어 주시면 어떻게 해서든 돈을 구해서 갚겠습니다."

김경렬은 내게 선처를 부탁하며 가족을 내세웠다.

그는 지금까지 자신의 잘못을 전적으로 인정한 적이 없었다.

문제가 발생하면 아랫사람의 잘못을 부각시켜 자신의 잘못을 회피했다.

정말 그와 함께 일한 사람들이 불쌍할 뿐이다.

"얼마나 낮춰주길 원하십니까?"

부모님을 내세운 그의 말에 계속해서 모질게 대할 수가 없었다.

가족은 어떤 상황에도 지켜져야 할 가장 소중한 존재였다.

"오천만 원으로 해주시면 바로 해결하겠습니다."

김경렬은 내가 생각했던 것보다 더 많은 금액을 감해주길 원했다.

"회사는 이익집단입니다. 이익을 내기 위해서 존재하는 것이지 자선단체가 아닙니다. 이 점은 김 부장님도 충분히 알고 계실 것입니다. 회사는 일억 원에 가까운 손해를 입었습니다. 오천만 원으로는 어렵겠습니다. 지금 사정이 어려워 보이시니 칠천만 원을 이번 주 내로 해결하시면 소송을 취하하겠습니다."

일억 원에서 삼천만 원을 감해주었다. 하지만 김경렬의 표정은 만족한 모습이 아니었다.

물론 칠천만 원은 결코 개인에게 적은 돈이 아니었다.

"그렇게 되면 살고 있는 집을 내어놓아야 합니다. 부모님이 대대로 살아온 집이라서 애정이 깊으십니다. 제발 한 번만 봐주십시오, 대표님."

말을 마친 김경렬은 자리에서 일어나 내 앞에 무릎을 꿇었다.

이번만은 그의 모습이 절실해 보였다.

자존심이 무척 강했던 그가 할 수 있는 마지막 모습이었다.

김경렬의 입사 서류를 통해서 그의 가족 관계를 알고 있었다.

또한 재판에 들어가기 전 그가 사는 집과 부동산에 관련된 사항도 조사를 마친 상태였다.

그의 말은 거짓이 아니었다.

순간 그의 이런 행동이 몹시 씁쓸했다.

제대된 행동만 했더라면 여기까지는 오지 않았을 것이다.

"일어나십시오."

그는 내 말을 듣지 않았다.

"한 번만 살려주십시오. 이 은혜를 잊지 않겠습니다."

김경렬은 생각보다 나의 영향력이 크다는 것을 경험했다.

그는 이직한 직장을 다니지 못하자 바로 인맥을 통해 다른 직장을 얻었다.

그 회사는 다름 아닌 명성전자와 거래하는 현대전자산업이었다.

현대전자산업은 근래 경력사원을 상당수 모집하고 있었다.

하지만 이번에도 나로 인해서 합격이 취소되고 나오게 될 상황에 부닥쳤다.

"그럼 만약에 이 상황에서 김 부장님이 도시락의 대표였다면 어떻게 하시겠습니까?"

나는 김경렬에게 역지사지(易地思之)로 질문을 던졌다.

그는 바로 대답을 하지 못했다.

2~3분 정도 시간이 흐른 후에 자리에서 일어나며 어렵게 입을 열었다.

"정말 죄송합니다. 저는 아마도 대표님처럼 하지 않았을 것입니다. 제가 생각이 너무 짧았던 것 같습니다. 아니, 대표님이 회사를 맡기에는 너무 어린 나이라 우습게 생각했고 하찮게 여겼습니다. 지금에야 제가 어리석고 수양이 부족하다는 것을 확실히 알았습니다. 집을 정리해서 회사에 끼친 손해를 갚겠습니다. 이렇게까지 생각해 주셔서 감사합니다."

김경렬은 마음속에 있는 말을 털어놓았고 진심으로 후회하는 모습을 보였다.

그의 눈은 후회의 빛이 가득했다.

그 또한 자식이 있는 부모이자 귀한 대접을 받고 자란 자식이었다.

그로 인해서 피해를 보게 되는 가족들이 문제였다.

김경렬의 행위는 분명 미웠지만, 이제는 살아갈 수 있게 해주어야 할 상황이었다.

"그럼 이렇게 하시죠. 제 직권으로 천만 원을 더 감해드리겠습니다, 육천만 원을 6개월로 나누어서 내십시오. 그리고 현대전자산업에 연락을 취해 김 부장님과 관련된 상황을 좋은 쪽으로 진행될 수 있도록 하겠습니다."

"저, 정말이십니까?"

김경렬은 내 말을 의심하듯이 되물었다,

"대신 도시락에 근무하실 때처럼 행동하시면 안 됩니다."

"물론입니다. 저도 뼈저리게 반성하고 있습니다. 다시는 이런 모습을 보이지 않을 것입니다. 정말 고맙습니다, 대표님."

김경렬은 나를 향해 진심으로 고개를 숙였다.

그는 대표실을 나가는 내내 나에게 여러 번 고개를 숙여 감사를 표했다.

김경렬 부장 건을 비롯하여 해외영업 2팀과 관련된 모든 일이 정리되자 도시락의 직원들은 나에 대한 신뢰가 더욱 높아졌다.

공정한 일 처리와 사람을 미워하지 않는 행동 때문이었다.

김대철 사장의 인물들이 빠져나가고 새로운 직원들이 들어와 자리를 잡아가던 바쁜 시기에 부산에서 기다리던 전화가 걸려왔다.

전화를 건 사람은 다른 아님 김만철이었다.

나는 그의 전화를 받고 급하게 부산으로 출발했다.

*　　　*　　　*

공항에서 내린 나는 택시를 잡아타고는 물류 창고를 세우기로 한 곳으로 향했다.

터파기 공사를 하기 전, 정 노인에게 들은 말을 확인하기 위해서 금속탐지기와 한 대에 수천만 원을 하는 고가의 자력계를 빌려서 탐사를 진행했다.

자력계는 자장을 감지하는 센서를 등에 지고, 판독기는 앞의 허리춤에 설치하여 지표 자장 감도를 체크하는 장비로, 선양에서는 매장문화재 탐사에 가장 많이 사용하고 있는 장비다.

자력계는 화덕이나 가마터 등 열잔류자가 많이 남아 있는 시설과 자성을 띠고 있는 금속성 문화재 탐사에 탁월한 성능을 발휘한다.

물류 창고 부지에서 기다리고 있는 인물은 김만철뿐만 아니라 어제 부산으로 입국한 티토브 정이었다.

또한 티토브 정의 옆으로는 다부진 체격의 사내가 자리했다.

그는 티토브 정이 데려온 인물로 KGB(국가보안위원회) 산하에 비밀특수공작대 출신이었다.

비밀특수공작대는 KGB 산하에 수많은 부서 중에서도 가장 비밀에 싸여 있던 부서였다.

바로 티토브 정 또한 비밀특수공작대 출신이었다.

KGB 예하에는 10개 부서와 국경경비대를 관장했으며, 첩보 · 방첩 활동을 비롯하여 고위 간부 및 중요 시설에 대한 경호, 군대 내의 보안 활동 감시와 통제, 통신과 암호 해독, 국가시설의 경비 등 국가안보에 관련된 모든 분야를 취급했다.

또한 KGB는 70만 명의 정식 요원과 연간 49억 루불(22조 7백억 원)의 막대한 예산을 사용했었다.

현재 쿠데타를 계기로 고르바초프 대통령이 KGB법의 효력을 정지시키는 대통령령을 발하여 해체 작업이 진행되고 있었고, 그로 인해서 KGB의 내부가 극심한 혼란에 빠져 있었다.

더욱이 러시아의 권력이 보리스 옐친에게 쏠리자 그를 제거하기 위해 힘을 쏟았던 내무부와 국가보안위원회가 가장 큰 된서리를 맞은 것이다.

비밀특수공작대의 인원들은 살인 면허를 가지고 있었으며 그들의 판단하에 이루어진 모든 행위는 상부에서 그 책임을 묻지 않았다.

그들에 관한 서류는 국가보안위원회(KGB)에서도 KGB 의장을 비롯한 극소수의 인물만이 열람할 수 있었다.

"전화상으로 말씀드린 드리트리 김입니다."

티토브 정이 드리트리 김을 소개했다. 그 또한 고려인 3세였다.

"반갑습니다. 강태수라고 합니다."

나는 손을 내밀어 그에게 악수를 청했다.

"대표님의 말씀은 많이 들었습니다. 고려인 3세를 위해서 힘써주셔서 고맙습니다."

나는 드리트리 김과 악수를 할 때 그의 손바닥을 유심히 보았지만 티토브 정과 같이 백야의 표식인 연꽃 무늬는 없었다.

드리트리 김의 말처럼 나는 현재 두 군데 지역에서 고려인 3세 어린이들을 위해서 먼저 초등학교를 짓고 있었다.

내년에는 중학교와 고등학교 과정을 담당하는 학교를 설립할 예정이다.

"아닙니다. 당연히 같은 동포로서 도와야지요."

"그런 말을 하는 사람은 많이 보았지만 실제로 대표님처럼 직접 행동하시는 분은 없었습니다. 티토브 정의 말을 듣고는 합류하기로 결정을 내렸습니다."

드리트리 김의 실력이 어느 정도인지는 모르지만 티토브 정이 상당한 공을 들여서 데려온 인물이었다.

또한 KGB의 현재 상황이 그를 떠나게 하는 결정적 계기가 되었다.

더욱이 비밀특수공작대에 속했던 인물들은 KGB를 떠나면서 자신들에 관한 서류들을 소각하는 한편, KGB에 보관 중이었던 상당한 양의 비밀 정보 문서를 가지고 나갔다.

드리트리 김 또한 적지 않은 비밀 문건과 러시아 전투기 관련 도면과 문서를 가지고 나왔다.

"앞으로 회사를 위해서 잘 부탁합니다."

"물론입니다, 입사를 허락해 준 대표님께 감사드립니다. 앞으로 회사를 위해서 열심히 일하겠습니다."

드리트리 킴을 뒤로하고 나는 김만철에게 향했다.

김만철은 드리트리 킴과 인사를 마친 나에게 물류 창고 부지를 조사한 내용을 전했다.

"대표님 말씀처럼 저 땅속 밑에 커다란 물체가 있습니다. 금속 탐지기에는 잡히지 않았지만, 자력계에는 확실하게 표시되었습니다."

김만철이 가리킨 표시계에는 자장이 다른 곳과 다르게 표시되고 있었다.

그 지역은 정 노인이 땅을 팔지 않고 끝까지 버티던 곳이었다.

정 노인이 땅에 묻힌 금괴를 찾고자 했을 때에는 세슘자력계와 같은 첨단 장비를 이용하지 못했었다.

또한 현재의 물류 창고를 지을 때에도 그리 깊게까지 땅을 파지 않았기 때문에 발견되지 않았다.

표시계에 나타난 물체는 대략 8~10m 사이의 땅속에 매장되어 있었다.

땅을 파기 위해 이미 포클레인까지 동원했다.

"그럼 발굴을 시작하지요. 뭐가 나올지는 모르겠지만 말입니다."

"알겠습니다. 자! 시작하라고."

김만철이 신호를 보내자 우렁찬 소리를 내며 포클레인이

땅을 파기 시작했다.

*　　　*　　　*

포클레인이 땅을 파기 시작한 지 세 시간이 지나자 땅속에서 묻혀 있던 물체가 모습을 드러냈다.

그건 콘크리트로 만들어진 커다란 상자 형태였다.

안에 무엇이 들었는지 모르겠지만 콘크리트로 그걸 다시 감싼 것 같았다.

일단 콘크리트가 다 드러날 수 있게 땅을 팠다.

그 작업만 하는 데도 포클레인 두 대가 반나절이나 걸렸다.

콘크리트의 크기는 1톤 트럭 정도 되는 크기였다.

작업이 끝난 주변으로는 외부의 시야를 가리기 위해 차단막을 설치했다.

네모난 형태의 콘크리트 주변으로 금속 탐지기를 가져다 대자 신호음이 들려왔다.

분명 금속 물체가 콘크리트 안에 들어 있는 것이다.

"이거 뭐가 들어 있기에 이렇게 단단히도 싸매놨는지 모르겠네요."

김만철이 콘크리트 위로 올라가 주위를 살펴보며 말했다.

"한데 오늘 내로 안에 든 물건을 볼 수 있겠습니까?"

나는 김만철에 물었다.

"해봐야죠. 뭐 새로운 일꾼이 왔으니 작업은 빠를 겁니다."

김만철은 티토브 정과 드리트리 김을 바라보며 말했다.

우리는 급하게 대여한 착암기를 가지고 작업에 들어갔다.

나를 포함한 네 사람이 번갈아 가면서 착암기로 단단한 콘크리트 주변을 깨뜨리기 시작했다.

다들 체력적으로는 뛰어났지만 착암기를 다루기는 쉽지 않았다.

포클레인 기사들은 모두 자신들의 일을 마치고는 창고 부지를 떠났다.

만약 정 노인의 말처럼 금괴가 나온다면 인부를 고용해서 작업을 하기에는 문제가 생길 수 있기 때문에 모두 돌려보냈다.

현재 매장물 관련법에 따르면 일반인이 매장물을 발견했을 경우 우선 관할 경찰서에 신고한 뒤 적법한 절차에 따라 처리하게 돼 있다.

경찰은 매장물 발견 신고가 접수되면 공고를 통해 통상적으로 1년간 주인이 나타나기를 기다린다.

그래도 소유주가 나타나지 않으면 그때 비로소 최초 발견자가 소유권을 갖도록 규정하고 있다.

나는 금괴가 나온다면 이 사실을 알리지 않을 생각이다.

경찰에 신고하면 소문이 나고 언론에 노출될 수 있는 염려가 컸다.

창고부지 공사는 다음 주부터 시작될 예정이다.

물류 창고를 자주 이용할 수밖에 없는 닉스와 도시락이 공사 비용을 반반씩 부담하는 것으로 했다.

드르륵! 드르룽!

착암기에서 나오는 소음과 진동이 온몸을 감쌌다.

"후! 이거 장난이 아니네."

양팔이 흔들리는 것뿐만 아니라 온몸이 흔들렸다. 생각만큼 콘크리트가 떨어져 나가지 않았다.

1시간이나 작업을 했지만 크게 진척이 없었고 다들 지쳐 갔다.

"이거 정말 사람을 피곤하게 만드는구먼."

김만철 또한 지친 표정이 역력했다.

티토브 정과 드리트리 김은 묵묵하게 착암기를 작동시켰다.

그리고 30분이 더 지나자 콘크리트 덩어리들이 떨어져 나가기 시작했다.

어스름한 늦은 오후가 되자 콘크리트 안에 들어 있는 물체가 드러났다.

콘크리트 안에는 4개의 커다란 나무 상자가 들어 있었다.

나무 상자들은 두껍고 단단한 목재로 만들어져 있었고 완벽하게 봉해진 상태였다.

"이거 도대체 뭐가 들었기에 이렇게까지 했는지 모르겠네."

김만철은 투덜거리며 입구를 넓히는 작업을 했다.

그가 커다란 해머로 내려치자 콘크리트가 우수수 떨어져 나갔다.

사람이 들어갈 만한 입구가 만들어지자 나와 김만철이 콘크리트 상자 안으로 들어갔다.

정사각형 형태로 만들어진 안쪽은 두 사람이 움직일 수 있는 공간이 있었고, 상자들은 포개져 있었다.

하지만 상자를 밖으로 가지고 나가기에는 너무 무거웠다.

가지고 들어간 빠루(노루발못뽑이)로 상자의 틈을 벌렸다.

빠루을 이용해 제일 첫 번째 상자를 힘겹게 열었다.

첫 번째 상자에서 나온 것은 정 노인의 말처럼 정말 금괴였다.

플래시에 비친 노란색의 금괴는 10㎏ 정도 되는 크기로 빼곡하게 쌓여 있었다.

적어도 상자 안에는 40개 이상이 들어 있는 것 같았다.

"휴! 이거 정말 장난이 아니네."

김만철은 묵직한 금괴 하나를 들어 보이며 말했다.

"정 노인의 말이 사실이었네요."

땅을 팔았던 정 노인은 한결같이 땅속에 금괴가 들어 있다는 주장을 굽히지 않았다.

"우리 강 대표님은 무슨 복을 이리도 타고나셔서 이런 일들이 일어나는지 모르겠습니다."

김만철의 말처럼 나는 러시아에서도 상당한 양의 금괴를 발견해 스베르 건물 지하에 보관하고 있다.

"다른 상자도 확인해 봐야겠습니다."

내 말에 나머지 상자들도 모두 열어 보았다.

3개의 상자에는 동일하게 금괴가 들어 있었고 나머지 한 상자에는 금동불상과 고려청자 등 국보급 문화재가 들어 있었다.

문제는 마지막 상자에서 나온 물건들의 처리였다.

분명 일본으로 밀반출하기 위해서 문화재를 입수하거나 사들인 것 같았다.

그중에서 눈에 띄는 것은 기름종이에 조심스럽게 쌓여

있던 한 책자였다.

책자는 적어도 수백 년을 넘어 고려 시대 이전까지 추정할 수 있을 정도로 오래되었다.

책의 이름은 ㅇ파천서였다.

분명 책 겉표지 위에 한 글자가 더 적힌 네 개의 글자였지만 앞 글자 지워져 보이지가 않았다.

책이 오래되어 지워진 것인지 아니면 일부러 지운 것인지는 알 수가 없었다.

더구나 책 안의 내용은 뒤죽박죽으로 말이 안 되는 글자들로 배열되어 있었다.

어떤 내용을 기술한 책인지조차 분간하기 힘들었다.

"이 책은 나중에 전문가에게 맡겨서 해석을 해봐야겠네요. 문제는 금동불상하고 도기들인데, 이걸 어떻게 처리해야 하나."

분명 문화재는 나라에 신고해야 하지만 문제는 금괴까지도 묶여 버릴 수 있다는 것이다.

더구나 사전에 보물이 묻혀 있다는 것을 안 것처럼 중장비까지 동원해서 발굴 작업을 한 이유와 이곳에 이러한 보물들이 숨겨져 있었던 것을 알게 된 경우도 소상히 말해야만 한다.

그러는 과정에서 분명 언론은 가만있지 않을 것이고 지

금 진행 중인 일들도 피해를 볼 수 있었다.

"일단 보관을 하셨다가 나중에 생각하시죠. 지금 신고하게 되면 이래저래 신경 쓰는 일도 많아질 텐데요. 우리가 이걸 어디다 팔아먹는 것도 아니잖습니까?"

김만철은 내 의중을 읽은 것처럼 말했다.

그의 말처럼 찾아낸 유물들을 팔아먹을 생각은 전혀 없었다.

이러한 귀중한 유물들이 일본으로 건너가지 않은 것이 다행이었다.

"그렇게 해야겠습니다. 나중에 나라에 기증하더라도 지금은 시기가 아닌 것 같습니다."

상자에서 나온 것들은 국보급 유물로 보이는 고려청자 세 점과 신라 시대 것으로 추정되는 금동불상 한 점, 그리고 청화백자 두 점이었다.

모두 보존 상태는 최상급으로 그 형태와 문양이 너무나 아름다웠다.

국립박물관에 있는 국보급 도자기들을 가져다 놓은 것만 같았다.

"금괴는 어떻게 처리할까요?"

상자 내에 들어 있는 금괴들을 모두 정확하게 파악하지는 못했지만 적어도 1톤이 넘는 무게였다.

정 노인이 이야기했던 6톤 수량의 금괴는 아니었다.

"우선 도시락에서 사용하고 있는 물류 창고로 이동해서 임시로 보관해야겠습니다. 그나마 그쪽이 사람들의 왕래가 없으니까요. 상자를 닫고 그대로 옮기지요."

도시락에서 사용하는 보관창고가 이곳에서 얼마 떨어져 있지 않은 곳에 있었다.

두 개의 창고를 빌려서 사용하고 있는데, 하나는 닉스에서 하나는 도시락에서 사용 중이다.

경비원도 상주해 있었고 두 회사가 주로 이용하는 물류 창고였다.

"알겠습니다. 후! 상자를 꺼내는 것도 일이구먼."

한숨을 내쉬는 김만철을 뒤로 한 채 나는 도시락으로 전화를 걸어 지게차 기사를 대기시키고 물류 창고를 열어놓으라고 지시했다.

물류 창고에는 도시락라면 오천 상자가 보관 중이었다.

평균적으로 3만 상자 정도를 보관하는 창고라 자리는 넉넉했다.

모든 작업이 끝난 시간은 밤 9시가 넘어서였다.

다들 기진맥진한 상태였다.

수백억 값어치의 금괴와 그보다 더 값비싼 문화재를 아무렇지 않게 창고에 보관했다.

금괴는 좀 더 시간을 갖고 처리할 생각이었지만 지금의 상황에서는 러시아에 세우려고 하는 도시락 현지 공장 건설과 물류 창고 건설에 사용할 것이다.

그리고 상자에서 꺼내서 나온 것은 파천서였다.

앞의 한 글자가 보이지 않아서 그냥 보이는 글자만으로 파천서라 부르기로 했다.

Chapter 12

　지친 몸들을 달래기 위해서 한광민 소장이 알려주었던 횟집을 찾았다,

　오늘은 다들 배부르게 먹고 마시기로 했다.

　부산 앞바다가 보이는 횟집 마당 앞 평상에 자리를 잡았다.

　바닷바람이 시원하게 불어오는 곳이라 사람들로 가득했다.

　신선한 횟감들을 돈에 구애받지 않고 한 상 가득 시켰다.

　"오늘은 밤새워 마시는 겁니다."

김만철의 얼굴에는 어느새 힘든 기색이 사라졌다.

"물론입니다. 김 대리의 환영회이기도 하니까요. 이곳이 다른 곳보다 좀 낡아 보이긴 해도 맛은 최고입니다."

드리트리 김은 티토브 정과 같이 대리 직급을 주었다.

부서의 소속은 도시락 모스크바 지사였다.

김만철과 티토브 정처럼 드리트리 김은 월급 외에 하는 업무 때문에 별도의 위험수당이 지급되었다.

또한 활동에 필요한 경비가 지급되었고 초과되는 사항은 영수증을 첨부하면 모두 처리해 주었다.

앞으로 카드가 활성화되면 각자에게 법인카드를 지급해 줄 생각이다.

그 모든 것을 합하면 웬만한 대기업의 과장 월급보다 나았다.

"감사합니다. 이렇게 환영해 주셔서."

드리트리 김은 28살로 결혼은 하지 않았다.

"웬걸요. 한국에 들어오자마자 중노동을 시켰는데요. 제 잔 한 잔 받으세요."

나는 소주병을 들어 드리트리 김에게 따라주었다.

"원래 우리 대표님이 사람 부려 먹는 건 알아주지. 러시아에서도 내가 얼마나 중노동을 했다고. 그뿐이면 말을 안하지. 여기 보라고 잘못하면 팔 병신이 될 뻔했다니까."

김만철은 자신의 왼팔을 보여주며 말했다.

그곳에는 벨리돔에서 총격전 중 총알에 맞은 흉터가 고스란히 남아 있었다.

"그렇게 말씀하시면 제가 할 말이 없잖습니까. 제 술 한 잔 받으세요."

김만철의 입을 막기 위해서 소주잔에 곧바로 술을 따라주었다.

"큭! 좋다. 아! 물론, 우리 대표님이 직원들 생각하는 것은 또 대단하지. 내가 우리 대표님 때문에 죽을 뻔했다가 살아났잖아."

김만철은 병 주고 약 주고 하면서 나를 놀려먹었다.

"저도 그 이야기를 티토브 정에게 들었습니다. 아무나 할 수 없는 일이지요. 더구나 옐친 대통령을 구한 그 배포는 저도 존경스러웠습니다. 제가 한 잔 따르겠습니다."

드리트리 김은 공손히 술병을 들어 나에게 따라주었다.

"고맙습니다. 저는 매일 꿈을 꾸고 있는 것만 같습니다. 이렇게 좋은 분들과 함께할 수 있고, 새로운 일들을 도전할 수 있다는 것에서 말입니다. 자! 우리 거국적으로 한 잔 하시죠."

난 술병을 들어서 모두의 술잔에 술을 따라주었다.

"앞으로 우리가 만들어가는 꿈은 누구도 부러워할 만한

일이 될 것입니다. 자! 꿈을 향하여!"

나는 두 사람에게는 내가 나아갈 방향과 꿈을 이야기한 적이 있었다.

세상 그 누구도 흔들어 놓을 수 없는 기업을 만들어서 더 나은 세상을 만들겠다고, 그리고 그 기업을 통해서 연약한 사람들을 괴롭히고 피를 빨아먹는 악덕한 인간들을 벌하겠다고.

어찌 보면 영화나 소설에 나오는 허무맹랑한 이야기처럼 들리겠지만 그 이야기에 김만철과 티토브 정은 적극적으로 동참해 주었다.

그리고 그들은 두 눈으로 러시아에서 내가 이루어 나가는 것들을 직접 보았다.

지금은 미약하지만 점점 그 꿈을 향해 나아가고 있었다.

"꿈을 향하여!"

"대표님을 위하여!"

나의 선창에 세 사람 모두 함께 외쳤다. 그러는 사이 주문한 회가 나왔다.

푸짐하고 싱싱한 회가 나오자 본격적으로 비워지는 술병이 빠르게 늘어났다.

얼큰한 취기가 올라올 때 즈음 앞쪽에서 고함과 함께 싸우는 소리가 들려왔다.

술을 먹다가 술김에 시비가 붙은 것 같았다.

문제는 시비를 건 쪽은 건장한 청년이 다섯이나 되었고 그 반대는 여자 둘에 남자가 둘뿐이었다.

술에 취하자 여자에게 희롱 섞인 말을 던진 모양이다.

주인이 나와 말렸지만 싸움은 금방 끝날 것 같지 않았다.

주변에 있던 손님들도 다들 피하는 모습이었다.

"에이! 술맛 떨어지게시리. 거 좀 시끄러워! 조용히 좀 합시다."

김만철이 참지 못하고 말했다. 그러자 그중 하나가 노려보며 소리를 질렀다.

"야! 너도 죽고 싶어?"

다섯 명의 사내는 운동을 하는 사람처럼 건장한 체격이었다.

자신보다 어린 사내의 말에 김만철의 표정이 구겨졌다. 그런 김만철을 나는 말렸다.

"참으세요. 술에 취해서 그런 겁니다."

그때였다.

"까악!"

우당탕!

여자의 비명 소리와 함께 상 위로 누가 엎어지는 소리가 들려왔다.

시비가 붙었던 사내가 결국 여자 쪽 남자에게 폭력을 행사한 것이다.

"왜 그래요? 당신들이 먼저 시비를 걸어왔잖아요! 왜 조용하게 술 먹는 사람을 치고 그래요."

옆에 있던 여자가 폭력을 행사한 사내를 밀치며 옹골차게 말했다.

"뭐라는 거냐? 이년이."

남자를 때렸던 사내가 여자에게도 손찌검하려는 자세를 취했다.

도를 넘어선 행동이었다.

"야! 임마! 어디서 여자를 때리려고 그래?"

김만철은 그 모습을 더는 참지 못했다.

그는 여자를 때리는 인간을 제일 싫어했고 절대 가만두지 않았다.

그 모습에 나 또한 김만철을 말리지 않았다.

"김 과장님, 제가 가보겠습니다."

점잖게 술을 마시던 드리트리 김이 김만철에게 조용히 말하며 자리에서 일어났다.

"음, 그래, 그럼. 너무 심하게 하지 말고 살살해. 여기 애들은 좀 약골이라서 말이야."

"예, 살살하겠습니다."

두 사람의 대화에는 여유가 넘쳐흘렀다.

"저 새끼들이 뭐라고 지껄이는 거냐?"

김만철의 말을 들었는지 일행 중 하나가 우리 쪽으로 삿대질을 하며 성큼성큼 걸어왔다.

걸어오는 사내는 유도나 씨름 쪽의 운동을 한 것처럼 체격이 다부지고 힘이 넘쳐 보였으며, 키가 185㎝는 되어 보였다.

드리트리 김은 자리에서 일어나 다가오는 사내를 맞아섰다.

드리트리 김 또한 180㎝이 넘는 키와 차돌처럼 단단한 체격이었다.

"저쪽에 가서 이야기 좀 하지"

"까고 있네. 내가 왜 니 말을 들어야 하는데?"

드리트리 김과 마주한 사내의 키와 덩치가 드리트리 김보다 더 컸다.

위협적인 덩치에 걸맞게 얼굴 또한 험악했다.

일반 사람은 꼬리를 내리고 피할 정도의 분위기가 사내에게서 풍겨 나왔다.

"이곳에서 시끄럽게 하면 앉아 계신 분들이 불편해하시니까. 너도 이곳에서 뒹굴면 창피할 거고."

"뭐? 이거 웃긴 놈이네."

사내는 두툼한 왼손을 뻗어 드리트리 김의 멱살을 단단히 잡았다.

당장에라도 드리트리 김을 바닥에 내리꽂을 태세였다.

하지만 드리트리 김은 사내의 뜻대로 움직여 주지 않았다.

"아! 이 새끼 힘 좀 쓰네. 너 용쓰는 것은 여기까지다."

사내가 오른손으로 드리트리 김의 면상을 후려치려고 손을 위로 들었다.

그때 드리트리 김의 오른손이 멱살을 잡은 사내의 손을 독특한 방법으로 잡아 꺾어버렸다.

그 순간 사내의 얼굴이 일그러지며 입에서 신음성이 터져 나왔다.

"악! 개새끼가 죽으려고!"

위로 올라가던 손이 드리트리 김을 겨냥하는 순간 또다시 드리트리 김의 왼손이 간결하고 빠르게 움직였다.

왼손의 목표는 사내의 목울대였다.

뱀이 먹이를 잡을 때의 움직임처럼 순식간에 손이 뻗어 나갔다가 제자리로 돌아왔다.

퍽!

그러자 듣기에도 불편한 소리가 들렸다.

"컥!"

사내는 고통이 무척 심한 듯 드리트리 김의 면상을 겨냥했던 손으로 자신의 목을 부여잡았다.

"헉! 이······."

뻘겋게 변한 얼굴색이 고통을 대변해 주었다.

사내가 목을 부여잡고는 주춤주춤 물러날 때 드리트리 김의 발이 들리며 그대로 사내의 허벅지에 적중했다.

퍽!

무언가 터져 나가는 듯한 소리가 또다시 들려왔다.

사내는 그대로 옆으로 쓰러지며 자신의 허벅지를 부여잡았다.

"아··· 아악!"

고통에 찬 비명은 가격당한 목울대 때문인지 시차를 두고 터져 나왔다.

바닥에서 뒹굴고 있는 사내를 뒤로 한 채 드리트리 김은 나머지 일행을 향해 걸어갔다.

"이 새끼 뭐냐?"

남은 일행 중 하나가 지금의 상황을 제대로 인지하지 못한 듯, 손을 들어 단순히 드리트리 김을 낚아채려고 했다.

그러나 그의 의도는 곧바로 고통에 찬 비명으로 바뀌었다.

"아악!"

정확하게 사내가 뻗은 오른손 중지가 비정상적으로 꺾여 위로 솟구쳐 올랐다.

드리트리 김의 움직임은 정말 불필요한 동작이 없이 간결했다.

위로 꺾여 버린 손가락을 부여잡고 주춤거리는 사내 또한 드리트리 김의 발에 정강이를 걷어차이고는 앞으로 무릎을 꿇었다.

그 고통이 얼마나 심한지 사내는 땅에 엎드린 채 몸을 부르르 떨었다.

그제야 드리트리 김의 실력이 보통이 아님을 감지한 일행이 주변에 있던 맥주병을 들었다.

팍!

그중 하나가 맥주병을 깨고는 드리트리 김을 향해 달려들었다.

드리트리 김은 자신의 얼굴로 향하는 깨진 병을 그대로 바라보고 있었다.

"어! 위험한……."

내 말이 다 끝나기도 전에 드리트리 김이 전광석화처럼 움직였다.

마치 뱀이 S를 그리며 움직이는 것처럼 몸이 자연스럽게 좌우로 움직이며 맥주병을 피했다.

그리고는 곧바로 고통에 찬 비명이 들려왔다.

"으악! 내 팔!"

깨진 맥주병을 휘두른 사내의 팔이 안쪽이 아닌 바깥쪽으로 꺾여 있었다.

드리트리 김이 몸을 움직일 때 사내의 팔을 가볍게 건드리는 것을 보았지만 이 정도까지 팔이 변형될지는 몰랐다.

드리트리 김의 움직임은 하나의 무술 동작이 아닌 다양한 무술의 형태가 접목된 동작이었다.

세 명의 동료가 순식간에 당하자 나머지 인물들의 눈에는 두려움이 피어올랐다.

하지만 술기운이 지금 상황에 대한 판단을 흐리게 했다.

사내 하나가 자신의 뒷주머니에서 잭나이프를 꺼내어 드리트리 김의 가슴팍을 향해 찔러왔다.

그런 상황에서 드리트리 김은 오히려 앞으로 다가서며 찔러오는 잭나이프를 향해 손을 뻗어 사내의 손을 기이하게 휘감고는 그대로 자신 쪽으로 당겼다.

앞으로 달려들던 사내의 무게중심이 더욱 앞쪽으로 쏠리는 순간 드리트리 김의 발이 중심이 흔들리는 사내의 발을 살짝 걸었다.

그러자 사내의 몸이 허공에서 한 바퀴 회전한 상태에서

바닥으로 그대로 내동댕이쳐졌다.

쿵!

마치 유도에서 엎어치기 한판을 당한 것처럼 바닥에 내동댕이쳐진 사내는 그대로 의식을 잃었다.

그 모습을 본 마지막 사내는 두려움 때문인지 동료들을 내팽개치고는 밖으로 달려 나갔다.

드리트리 김이 바닥에 주저앉거나 드러누워 있는 네 명의 사내를 처리한 시간은 채 2분도 걸리지 않았다.

"역시! 생각한 대로야."

드리트리 김의 모습을 보고 있던 김만철이 만족한 표정으로 말을 뱉었다.

드리트리 김이 원래의 자리로 돌아오려고 하자 바닥에 쓰러진 사내들은 주춤거리며 뒤로 재빠르게 물러났다.

다들 그를 귀신 보듯 하며 두려워하는 표정이었다.

"자! 내 술 한 잔 받으라고 꼭 삼국지의 관운장을 보는 것 같네."

김만철은 드리트리 김에게 술을 따라주며 말했다.

삼국지에서 조조가 싸우러 나가는 관운장에게 데운 술을 주었지만 마시지 않고 나갔다.

관우가 화웅의 목을 베고 돌아올 때까지 데운 술이 식지 않았었다.

드리트리 김은 김만철이 주는 술을 단숨에 마셨다.

그러는 사이 시비를 걸어왔던 사내들은 서로를 부축해서 황급히 횟집을 떠났다.

횟집 주인은 우리에게 감사의 말을 전하며 회 한 접시를 무료로 더 내왔다.

시비를 당했던 일행도 술을 사서 우리에게 주고는 감사를 표하며 가게를 떠났다.

"이거 술을 더 먹어야 하잖아."

김만철과 티토브 정은 만족한 표정이었다. 두 사람은 생각보다 술이 셌다.

나보다 두세 병은 더 마셨지만 아직도 만족한 모습이 아니었다.

이래저래 술을 더 마셔야 하는 상황이었다.

20분 정도 술을 마시고 있을 때였다.

봉고차 두 대가 급하게 횟집 앞마당으로 들어오더니 십여 명의 사내가 차 안에서 튀어나왔다.

그 안에는 아까 동료를 두고 도망갔던 사내가 함께 있었다.

"저놈들입니다, 형님."

도망갔던 사내는 함께 내린 인물에게 손으로 우리를 가리키며 말했다.

사내가 형님이라고 부른 인물은 검은 선글라스에 목에는 굵은 금목걸이가 걸려 있었다.

딱 보아도 조직폭력배 행동대장처럼 보였다.

"야! 너희가 우리 애들 건드렸냐?"

"후! 장소를 옮길 걸 그랬습니다."

나는 절로 한숨이 나왔다.

지금 눈앞에 보이는 인물들 한 트럭을 싣고 와도 여기 있는 사람들의 옷자락 하나 건드릴 수 없다.

"술을 많이 마셨더니 몸이 찌뿌듯한데 잘됐네."

우드득!

김만철이 양손을 앞으로 쭉 펴며 말했다.

자신의 말에 놀라거나 두려워하는 기색은커녕 원하던 대답이 나오지 않자 행동대장이 인상을 구겼다.

"이 시발놈들이 말을 귓구멍으로 처먹었나? 대꾸들이 없……"

퍽!

말을 다 끝내기도 전에 티토브 정의 손에서 떠난 소주잔이 행동대장의 콧잔등을 때렸다.

손으로 코를 감싸 쥐며 고개를 든 행동대장의 코에서 빨간 피가 흘러내렸다.

"혀, 형님! 괜찮으십니까?"

"아! 이 개새끼들을……

이번에도 말을 끝까지 하지 못했다. 또다시 티토브 정이 소주잔을 날렸다.

소주잔은 정확하게 행동대장의 이마를 때렸다.

픽!

"악!"

박이 깨지는 듯한 큰 소리가 나자마자 행동대장은 그대로 주저앉아 버렸다.

"이런 개새끼들이! 다 죽여!"

행동대장 다음으로 서열이 높은 인물이 소리치자 주변에 있던 인물들이 우리를 향해 달려들었다.

그때 또다시 티토브 정의 손이 바쁘게 움직였다.

슉! 슉!

우리 테이블과 옆 테이블에 놓여 있던 소주잔이 연속해서 날아갔다.

픽! 픽!

"아악!"

"헉!"

앞에서 달려오던 4명의 인물이 얼굴을 부여잡은 채 주저앉았다.

씽! 씽!

그리고 연이어 백 원짜리 동전이 날아갔다.

팍! 팍!

손등과 목, 이마 할 것 없이 맨살이 드러난 부위에 날아가 맞았다.

이전처럼 동전은 사람을 살상할 정도의 위력은 아니었다.

그러나 동전에 맞는 소리가 무척이나 아프리라는 것은 들려오는 비명을 통해 알 수 있었다.

"악!"

"컥!"

"시발! 너무 아파!"

손 한번 제대로 써보지 못하고 바닥에 주저앉거나 쓰러진 인물들은 모두 열한 명이나 되었다.

단 하나, 이들을 데리고 온 사내만이 멀쩡했다.

마치 다시 한 번 기회를 줄 테니 더 강한 인물들을 데려오라는 것처럼 보였다.

사내의 표정이 노랗게 질려 있었다. 지금 상황이 믿기지가 않는다는 표정이었다.

"누… 누구십니까?"

사내의 입에서 힘겹게 말문이 튀어나왔다.

"손님"

티토드 정의 말은 사내를 허탈하게 만들었다.

"이 개새끼들 다 죽여 버리고 말겠어."

이마와 코에서 피를 흘리며 일어난 행동대장의 손에는 허리춤에서 빼낸 회칼이 들려 있었다.

손에 잡힌 회칼이 자신감을 불러일으켰다.

그동안 들고 있는 칼로 병신을 만든 인물이 적지 않았다.

다들 주먹질에 자신감을 표하던 놈들이었지만 칼침을 맞고는 자신에게 울며 자비를 구했었다.

얼굴이 피범벅에다 날카로운 회칼까지 들고 있는 행동대장의 모습은 섬뜩했다.

당장에라도 자신을 이렇게 만든 티토브 정의 배때기에 칼침을 놓아야만 오늘 밤 잠을 푹 잘 것만 같았다.

행동대장이 회칼을 바로잡고 그대로 달려갈 기세를 잡으려는 찰나,

티토브 정의 손에서 반짝이는 물체가 떠났다.

텅!

소리와 함께 행동대장의 오른손에 순간 묵직한 충격이 전해졌다.

그 이유를 살펴보려 행동대장의 눈동자가 자신이 들고 있는 회칼로 옮겨졌다.

"이, 이게… 어떻게……."

행동대장은 말을 잇지 못했다.

그가 들고 있는 회칼에 놀랍게도 백 원짜리 동전이 박혀 있었다.

놀란 토끼 눈이 되어버린 행동대장은 섣불리 움직일 수 없었다.

손에 쥔 동전을 달그락거리며 소리를 내고 있는 티토브 정의 모습에 등골이 서늘했다.

만약 회칼에 박힌 동전이 자신의 이마로 날아왔다면 자신은 그대로 저세상으로 떠났을 것이다.

티토브 정이 들고 있는 백 원짜리 동전은 단순한 동전이 아니었다.

그건 총칼과 같이 사람을 죽일 수 있는 살상무기였다.

이미 그러한 상황을 겪어본 행동대장은 그 자리에서 한 발짝도 떼지 못했다.

다시 동전이 날아온다면 이제는 회칼이 아닌 자신에게 날아올 것만 같았다.

"우리 그냥 조용히 술을 마시면 안 될까?"

티토브 정은 행동대장을 바라보며 말했다.

하나둘 손과 목, 그리고 얼굴을 감싸 쥐고서 일어서는 부하들의 표정에는 전의가 상실된 상태였다.

이미 싸움은 무의미했다.

앞에 보이는 이들은 보통의 인물이 아니었다. 소문으로만 듣던 미지의 인물들일 수도 있다.

현재 전국에 있는 조직들을 하나둘 도장 깨기 하듯 접수한다는 인물에 대한 소문이 있었다.

혼자서 연장을 든 조직원 수십 명을 때려눕혔다는 믿을 수 없는 말이었다.

지금 눈앞에 있는 인물이 그놈일 수 있다는 생각이 들었다.

"실례지만 어디서 오신 분들이십니까?"

행동대장의 입에서 정중한 어투의 말이 나왔다.

"후후! 그냥 술을 마시고 싶은 사람들이다. 그러니까 여기까지만 하자고."

티토브 정의 말은 조용했지만 그의 눈빛에 싸늘한 살기가 돌았다.

'시발! 살벌하네. 사람 한두 번 죽여 본 놈의 눈빛이 아니다.'

행동대장은 서둘러 이곳을 떠나고 싶었다. 이들은 자신들이 어찌지 못하는 인물들이었다.

"모두 철수한다. 정말 실례가 많았습니다."

행동대장의 행동은 빨랐다. 부하들에게 명령한 후에 우리를 향해 고개를 숙였다.

"잠깐만!"

그때 그들의 행동을 멈추게 하는 목소리가 있었다. 다름
아닌 김만철이었다.

"무슨 볼일 있으십니까?"

행동대장의 말투나 행동이 이전과 달라졌다.

"너희를 데려온 놈의 버릇 좀 고쳐주려고. 여자를 함부로
때리는 놈은 두 손을 아예 못 쓰게 만들어 놔야 해."

김만철의 말에 혼자만 멀쩡했던 사내가 놀란 표정을 지
었다.

그도 그럴 것이 자신의 친구들이 어떠한 모습이 되었는
지 두 눈으로 똑똑히 보았다.

"이놈이 여자를 때렸습니까?"

행동대장은 떨고 있는 부하를 손으로 가리키며 물었다.

"어, 그래서 우리랑 시비가 붙은 거다."

"죄송한 말씀입니다만 제가 대신 버릇을 고치면 안 되겠
습니까? 저도 여자를 때리는 인간은 사람으로 보지 않습니
다."

행동대장의 말에 사내는 공포에 질린 표정이었다. 행동
대장이 자신을 어떻게 다룰지 뻔히 알기 때문이었다.

"확실하게 버릇을 고쳐놓을 건가?"

"예, 오늘 일도 있고 해서 어디 하나 병신을 만들 생각입

니다."

행동대장의 입에서 살벌한 말이 나왔다.

"그렇게는 하지 마십시오. 단지 그러한 행동을 할 수 없게 훈계만 하세요. 다들 이만하면 됐습니다."

행동대장의 말에 내가 나섰다.

내 말에 티토브 정도 테이블로 돌아와 앉았다. 김만철도 군소리하지 않고 자리에 다시 앉았다.

이들이 이끌고 있는 사람이 나라는 것을 확실히 보여주는 행동이었다.

"예, 병신은 만들지 않겠습니다. 대신 정신이 번쩍 들도록 해놓겠습니다. 뉘신지는 모르지만 언제 기회가 되면 한번 모시겠습니다."

행동대장은 정중하게 고개를 숙인 후에 횟집을 떠났다.

그리고 그 뒤를 따라가는 문제의 사내는 도살장으로 끌려가는 소와 같은 표정이었다.

지금 벌어진 사태의 원인 제공자였기에 앞으로 벌어질 일이 눈에 선했다.

우리도 횟집을 나섰다.

혹시 더 있다가 다른 일에 말려들까 하는 생각 때문이었다.

누가 경찰에 신고라도 했다면 피곤한 일이 생길 수 있다.

부족한 술은 숙소에서 더 마시기로 했다.

$$* \qquad * \qquad *$$

지끈거리는 머리를 부여잡고 서울행 비행기에 몸을 실었다.

블루오션의 신제품 출시 문제로 오전에 회의가 잡혀 있었다.

무선호출기 재즈(Jazz)—1의 출시가 다음 주로 다가왔다.

출시에 맞추어 신문과 라디오에 광고를 내보낼 계획이다.

주요일간지에 모두 재즈—1의 광고를 실을 것이다.

가장 많이 팔려 나가는 세 종류의 신문에는 칼라 광고를 일 면에 실기로 했다.

젊은 층이 많이 보는 잡지에도 모두 재즈—1 광고가 들어간다.

구매한 재즈—1에는 폭발적인 인기를 구가하고 있는 닉스 신발을 경품으로 받을 수 있는 행운권을 들어 있다.

아직 TV 광고는 생각 중이다.

술 깨는 약을 김포공항에서 사 먹고는 곧장 명성전자로

향했다.

명성전자와도 재즈―1의 생산에 관련된 제반 상황을 검토해야만 했다.

현재 명성전자에서 생산되는 라디오도 꾸준히 팔려 나갔다.

기존의 저가 제품들은 모두 생산을 중단한 상태였다.

라디오의 생산량을 조절했고 디자인을 좀 더 고급스럽게 만들어 판매했다.

생산된 대부분을 외국으로 수출했고 대략 월 오백 대 정도만 국내에 공급되었다.

명성전자의 최고 효자 종목은 드림―I와 드림―II였다.

판매량은 점점 더 늘어났고, 월 제조 수량도 덩달아 늘어 갔다.

올해는 디자인적인 측면보다는 잔고장 없이 안정적인 시스템을 구축하려고 힘썼다.

그 덕분인지 다른 제품보다 고장률이 적었고 A/S 요청도 줄어들었다.

아직까지 컴퓨터 운영체제인 윈도우3.0의 안정성이 부족한 상태였다.

미국에서는 윈도우3.1이 발표되어 판매되고 있었다. 하지만 아직 한글윈도우3.1은 출시되지 않은 상태였다. 내년

5월쯤에나 한국윈도우3.1이 출시될 예정이었다.

윈도우3.0과 윈도우3.1의 차이는 속도였다.

최대 속도가 열 배 정도 차이 났고 설치가 쉬워졌다는 것이 큰 특징이다.

윈도우3.0과 윈도우3.1은 출시 2년 만에 천만 개가 팔려나갈 정도로 큰 인기를 끌었다.

내년에 한글윈도우3.1이 출시되면 지금보다 PC 판매량은 더욱 늘어날 전망이다.

문제는 명성전자의 제조라인의 한계였다.

앞으로 출시 예정인 재즈─1까지 생산하게 되면 제조라인이 부족할 것이 분명했다.

판매가 어느 정도까지 이루어질지 모르겠지만 현재 15만 원으로 책정된 가격으로 재즈─1이 출시된다면 무선호출기 시장의 판도가 달라질 것이다.

무선호출기 사용자가 빠르게 늘어나고 있는 상황과 맞물려 판매가 예상보다 늘 수 있었다.

"조립에는 문제없겠습니까?"

"예, 레드아이(Red Eye)를 생산하는 직원들을 상대로 보름 동안 교육을 진행했습니다. 처음에는 손에 익지 않아서인지 조립 불량이 나왔지만, 지금은 문제없습니다."

개발책임자인 김동철 과장의 말이었다.

블루오션의 첫 제품인 유선전화기 레드아이도 시장에서 계속해서 좋은 반응과 함께 판매량이 늘고 있었다.

"내구성과 고장률은 어떻습니까? 재즈—1은 레드아이처럼 일대일 무상으로 교체할 수 없습니다."

무선호출기(삐삐)는 일반 전화기와 달리 항시 가지고 다니는 제품이었다.

잘못해서 떨어뜨리거나 사용자의 부주의로도 불량이 생길 수 있었다.

지금 블루오션은 제품 수리를 위한 A/S 직원이 부족했다.

"현재 판매되는 무선호출기(삐삐)에서 가장 많이 발생하는 고장은 삐삐를 작동시키는 컨트롤 보드의 장애에 의한 전원 불량이 가장 많은 것 같습니다. 그다음은 건전지 단자 불량이고 납땜 불량에서 오는 불량률도 많은 것……."

삐삐의 고장을 일으키는 원인은 다양했다.

그다음으로는 전파 수신 보드 불량으로 인한 수신 불량과 주파수를 결정해 주는 수정 진동파 장애로 인한 수신율 저조가 불량률이 높았다.

A/S 직원이 다른 회사보다 부족한 상황에서 앞으로 발생할 수 있는 불량 발생률을 최대한 줄이는 방안을 연구해야만 했다.

"해결 방안은 마련해 놓으셨습니까?"

"3차에 걸친 검수를 통해서 철저하게 품질 관리를 시행할 예정입니다. 불량률이 0%일 수야 없겠지만 공장을 벗어나기 전까지 문제 되는 제품을 최대한 걸러내려고 합니다."

"무선호출기는 이용자의 실수나 사용상의 부주의로 고장이 날 수 있는 소지도 많습니다. 사용설명서를 지금보다 더 쉽게 만들 수 있게끔 하세요. 그림을 그려 넣어서 쉽게 알수 있는 것도 한 방법입니다. 그리고 블루오션의 A/S 센터를 이곳 공장 말고도 용산전자상가에도 만드세요. 제가 비전전자에 이야기를 해놓을 테니까 그쪽 사무실을 이용하시고요."

A/S 센터라고 해서 크게 거창할 것은 없었다.

비전전자 사무실에 남는 공간을 이용해서 한두 사람 정도가 재즈—1의 A/S를 담당해도 충분했다.

"예, 알겠습니다. 설명서는 바로 수정하도록 하겠습니다."

A/S와 고객 상담을 담당하게 될 최영철 대리가 대답했다.

"부품 수급 상태는 어떻습니까?"

"우선 이천 대를 생산할 수 있는 부품은 수급을 해두었습니다."

제품 생산을 책임질 조성원 과장의 말이었다.

"대다수 부품이 외국 제품이라 추가로 주문하면 시간이 걸리지 않습니까?"

"예, 2주 정도 소요됩니다."

"그럼 이천 대 정도 물량을 더 주문하세요."

"시장의 반응을 보고 주문하는 게 낫지 않겠습니까?"

김동철 과장이 조심스럽게 의견을 개진했다.

대기업이나 중견기업에서 개발한 신규 무선호출기도 시장에 나오고 있는 시기였다.

더구나 재즈(Jazz)−1은 시장을 주도하고 있는 세로형이 아니라 가로형이었다.

그에 대한 시장에서의 반응이 어떤지 확실치 않은 상태에서 부품 주문을 더 한다는 것이 조심스러웠다.

"아닙니다. 제가 볼 때는 저희 제품은 시장에서 돌풍을 일으킬 것이 분명합니다. 이런 성능에, 이만한 가격이면 재즈−1이 비교할 제품은 아직 없습니다. 신문광고가 나가면 지금 수량은 금방 동날 것입니다."

유선전화기 레드아이 때에도 나의 예측은 적중했었다.

"예, 부품은 바로 주문을 넣겠습니다."

"그리고 재즈−1은 될 수 있으면 국산 부품을 쓰는 방향으로 했으면 좋겠습니다. 혹시 국산 부품을 개발한 곳이 없습니까?"

재즈—1을 개발했지만 현재 무선호출기에 들어가는 핵심 전자 부품 대다수를 일본과 미국에서 수입하고 있었다.

자칫 재주는 곰이 부리고 돈은 왕 서방이 챙기는 결과가 될 수 있었다.

"대성전기공업에서 무선호출기에 들어가는 초소형 코어리스모터를 개발 중이라고 합니다. 월말이면 결과물이 나온다는 이야기를 들었습니다."

무선호출기용 초소형 코어리스모터로 삐삐의 진동을 일으켰다.

현재 모터를 생산하는 대성전기공업은 상공부 공업기반 기술자금을 포함해서 2억 원의 연구비를 들여서 개발 중이었다.

코어리스모터는 코어가 없어 전류 소비가 적어 내장된 건전지를 오래 쓸 수 있었다.

현재 무선호출기용 코어리스모터는 일본의 나미케정밀보석공업에서 세계시장 90%를 장악하고 있었다.

"좋은 소식이네요. 국산 부품들을 적극적으로 알아보시고 저희 제품에 사용하는 방향으로 갔으면 좋겠습니다. 그게 나중에는 우리에게 더 이익이 될 수 있습니다."

"개발 완료 시점이 정확히 언제인지 대성전기와 접촉해

보겠습니다."

나의 지시는 계속 이어졌다.

"광고에 찍을 사진은 광고사진 전문작가에게 꼭 의뢰하시고요. 재즈—1은 광고비를 아끼지 않을 것이니까 사진이 잘 나올 수 있게 비싼 작가도 상관없습니다."

난 재즈—1을 통해서 블루오션을 대중에게 알릴 기회라고 생각했다.

"더 이야기할 것이 있습니까?"

"예, 제품을 판매할 판매점이나 대리점을 두어야 하는데 그게 좀 마땅치가 않습니다. 저희도 자체 대리점을 두어야 할지도 모르겠습니다."

지금은 전문적으로 휴대전화나 통신기기를 전문적으로 판매하는 대리점이 그리 많지 않았다.

제조업체들도 이제야 판매점이나 대리점을 늘리고 판매영업사원을 모집하고 있었다.

뭐든지 사람들이 자주 찾는 곳이 물건을 판매하기에 좋았다.

그때 머릿속에 갑자기 떠오른 생각이 있었다.

판매점을 비전전자와 닉스 매장에 두는 방법이었다.

그곳은 수많은 사람이 찾는 곳이었다.

"제가 좋은 생각이 있습니다. 일정대로 광고를 내보내시고 생산하세요. 판매는 제가 책임지겠습니다. 자! 다른 안건이 없으면 식사하러 가시죠. 오늘은 구내식당이 아닌 좋은 곳에서 제가 한턱내겠습니다."

자신감 넘치는 내 말에 회의에 참석한 사람들 모두가 표정이 밝아졌다.

분명 재즈—1이나 블루오션이나 명성전자에 큰 도움을 주는 제품이 될 것이다.

아니, 꼭 그렇게 만들 것이다.

Chapter 13

열흘 뒤 신문에 재즈(Jazz)—1의 광고가 실렸다.

신문 1면에 실린 칼라 광고로 확연히 눈에 띄었다.

더구나 광고에 실린 재즈—1을 들고 서 있는 인물은 다름 아닌 배우 최재성이었다.

오늘 첫 방송되는 '여명의 눈동자'의 남자주인공으로 대한민국 안방을 내년 2월까지 사로잡을 인물이었다.

소설가 김성종의 여명의 눈동자를 바탕으로 제작한 여명의 눈동자는 대한민국 최고의 드라마였다.

여명의 눈동자는 배우들의 연기와 음악, 편집, 영상 등

뭐 하나 빼놓을 수 없는 드라마로 최재성을 대한민국 최고의 배우로 올려놓았다.

이미 이러한 사실을 알고 있던 나는 명동에서 그를 만났던 인연을 살려서 직접 그를 찾아가 광고를 부탁했다.

평소 닉스에서 새로운 신발이 나올 때마다 최재성에게 선물로 보내주었다.

그 때문인지 드라마 촬영으로 눈코 뜰 새 없었지만 나를 위해서 특별히 시간을 내어주었다.

아직까지 여명의 눈동자의 파급력을 모르고 있는 기업들은 최재성과 광고 계약을 맺지 않았다.

여명의 눈동자가 끝나고 나면 그의 몸값이 지금보다도 서너 배가 뛸 테고 쉽게 계약을 맺기도 힘들게 될 것이다.

블루오션은 최재성과 아주 좋은 조건으로 2년간 광고 계약을 맺었다.

신문광고와 더불어서 서울은 물론 전국에 있는 닉스 매장 한쪽에 재즈(Jazz)—1을 판매 홍보하는 자리를 마련했다.

물론 비전전자의 판매장에도 재즈—1을 판매했다.

광고의 효과는 다음 날인 월요일부터 곧장 나타났다.

일부러 여명의 눈동자가 시작되는 날부터 신문광고를 실었다.

시중에서 판매되는 무선호출기(삐삐)가 일괄적으로 검은 색에 세로 모양이지만 재즈—1은 빨간, 파랑, 노란색으로 만들어진 외관에다 가로 모양의 형태가 사람들의 눈길을 사로잡았다.

삐삐의 기능이나 가격 면에서 지금 시중에서 판매되고 있는 어떤 삐삐보다 나으면 나았지 절대로 뒤떨어지지 않았다.

또한 첫날 방송부터 뜨거운 감자로 떠오른 여명의 눈동자의 남자주인공 최재성을 모델로 한 광고는 소비자에게 믿음을 갖게 했다.

더구나 재즈—1의 판매처는 젊은 층의 절대적인 지지를 받고 있는 닉스 매장이었다.

닉스 매장을 방문했던 사람들도 시대를 앞선 재즈—1의 디자인과 가격에 매력을 느꼈다.

판매가 이루어진 첫날 반응은 물고기가 입질하듯이 조심스러웠다.

하지만 토요일과 일요일에 방영되었던 여명의 눈동자가 스포츠신문을 비롯하여 각종 신문잡지에 뜨거운 이슈로 떠오르자 최재성을 광고 모델로 한 재즈—1에 대한 관심도 덩달아 달아올랐다.

일주일 내내 신문 1면에 재즈—1의 광고가 나갈 것이다.

그 기간이 끝나면 여명의 눈동자가 시작되는 토요일과 드라마가 끝나는 다음 날인 월요일에 광고를 내기로 계획했다.

월요일 오전부터 블루오션의 본사는 물론 각 판매처에 전화가 빗발쳤다.

초도 물량 천 개를 각 판매처에 풀었는데, 월요일 저녁이 끝나갈 무렵 천 개의 재즈—1이 모두 팔려 나갔다.

재즈—1을 구매한 대다수의 사람은 이삼십 대의 젊은 세대였다.

지금까지 젊은 층의 마음을 사로잡은 삐삐가 없었다.

삐삐를 만들었던 회사들도 작게 만들려는 노력은 있었지만 예쁜 색감과 디자인에는 그리 신경을 쓰지 않았다.

물론 앞으로는 달라지겠지만 지금은 재즈—1만이 그러한 조건을 만족시켰다.

삐삐를 패션 아이템의 하나로 만들 수 있다는 것을 블루오션에서 처음 보여준 것이다.

이러한 재즈—1에 대한 반응은 내가 예상했던 것보다 더 일찍 터져 나왔다.

"역시! 대표님의 예측은 빗나간 적이 없습니다. 정말 용한 점쟁이가 앞날을 예측하는 것보다 더 잘 맞추십니다. 앞으로 전 대표님이 시키시는 일이라면 절대로 토를 달지 않겠습니다."

재즈-1의 개발을 책임졌던 김동철 과장이 상기된 표정으로 말했다.

그의 말처럼 앞으로 일어날 일들을 누구보다 정확하게 예측할 수 있었다.

하지만 미래를 안다고 해도 모든 것이 내 예상과 일치하는 것은 아니었다.

나도 신이 아닌 이상 모든 과거를 알 수 없었고 과거가 조금씩 내가 알고 있는 것과는 다르게 변해갔다.

"앞으로 판매가 더 늘어날 겁니다. 저도 이렇게나 빨리 반응이 나올 줄 몰랐습니다. 부품 수급에 더 신경을 써주십시오."

"예, 이미 이천 대분을 추가 발주해 놓은 상태입니다."

"잘하셨습니다. 무선호출기 시장은 시간 싸움입니다. 늦어도 내년 2분기에는 재즈-2가 나와야 합니다."

재즈-1이 시장에서 계속해서 뜨거운 반응을 보인다면 다른 기업에서 곧바로 비슷한 제품을 내어놓을 것이다.

현재 무선호출기를 제조하거나 생산하는 대기업과 중견 기업은 열 곳이 넘었다.

금성정보통신, 크라운전자, 대우전자, 동양정밀, 모토로라코리아, 맥슨전자, 삼성전자, 필립스, 파나소닉, 한진전자, 현대전자 등이다.

그러한 상황에서 블루오션처럼 새롭게 무선호출기 사업을 추진하는 중소기업도 늘어나고 있었다.

앞으로 무선호출기 시장은 춘추전국시대처럼 피 터지는 전쟁터가 될 것이다.

"후! 정말 제품 개발을 끝내고 나면 다시 개발에 들어가니 정신이 하나도 없습니다. 정말이지 명성전자가 없었다면 이처럼 빨리 재즈-2의 개발에 들어갈 수 없었을 겁니다."

김동철 과장의 말처럼 전문적인 생산 제조 업체로 태어난 명성전자의 역할이 없었다면 블루오션은 개발에만 매진할 수 없었을 것이다.

재즈-1의 생산과 관련된 몇몇 인원을 빼고는 블루오션은 새롭게 개발진이 꾸려졌다.

블루오션은 오로지 제품 개발과 디자인에만 신경 쓰면 되었다.

"지금은 무조건 시장을 선점하고 주도해 나가야 합니다. 블루오션의 이름이 사람들의 입에 붙을 때까지 다른 기업보다 더 많이 일할 수밖에 없습니다. 분명히 말씀드리지만, 그에 수고와 대가는 반드시 직원분들에게 돌아가게 할 것입니다."

"알고 있습니다. 지금도 근무 환경은 다른 기업과 비교해서 나으면 나았지 절대 떨어지지 않습니다. 저희는 지금처럼 대표님만 믿고 따를 것입니다."

김동철 과장과 블루오션의 직원들은 레드아이와 재즈—1에서 보여준 나의 선견지명(先見之明)에 탄복하고 있었다.

한 번은 그럴 수 있다고 쳐도 두 번씩이나 정확하게 시장을 내다보고 제품을 성공적으로 시장에 안착시킬 수는 없었다.

대기업이 시장을 철저히 조사한 후에 제품을 출시해도 소비자의 반응이 전혀 다르게 나올 때도 적지 않았다. 그만큼 시장을 예측하기가 쉽지 않은 시대였다.

더구나 전문 생산 업체로 새롭게 탈바꿈한 명성전자는 이전보다 매출이나 이익이 몇 배로 상승했다.

명성전자의 직원들은 나이를 떠나서 나를 깊이 존경하고 믿음으로 따랐다.

그러한 것을 늘 보고 들을 수밖에 없는 블루오션의 직원들도 이제는 날 전적으로 신뢰했다.

"힘들겠지만 올해와 내년만 잘 헤쳐 나가면 분명 블루오션은 대한민국에서 손꼽히는 무선통신 회사로 거듭날 것입니다."

"하하하! 대표님의 말씀만 들어도 가슴이 뜁니다."

김동철은 환한 표정으로 웃으며 말했다.

하지만 난 대한민국만을 생각하고 있지 않았다.

전 세계 시장을 주도하는 블루오션을 가슴속에 품고 있었다.

*   *   *

일주일이 지나자 반응은 더욱 뜨거웠다.

새로 생산된 이천 개의 재즈—1을 각 판매처로 보냈지만 몰려든 사람들에 의해서 이천 개 또한 순식간에 동이 났다.

15만 원이라는 가격대에 들어 있는 기능들이 기존 제품보다 떨어진 것이 아니라 더 좋았다.

재즈—1보다 삼사만 원이 더 비싼 제품들에 들어 있는 기능들이 모두 들어 있었다.

거기에다 눈에 확 들어오는 색상과 디자인은 남에게 보여주기 좋아하는 젊은 세대의 눈을 단숨에 사로잡았다.

또한 사람들이 늘 몰려드는 비전전자의 판매장과 닉스 매장에서 판매되었기에 더 좋은 효과를 내었다.

닉스 매장에서 재즈—1을 판매하는 것 때문인지 재즈—1에 닉스의 디자이너들이 참여했다는 소문이 퍼졌다.

더욱이 누가 퍼뜨렸는지 모르지만 15만 원의 가격이 한

달간만 한시적으로 판매하는 가격이라는 소문까지 덧붙여
지자 재즈—1을 원하는 사람들이 더 몰려들었다.

물론 시청률 고공행진 중인 여명의 눈동자의 남자주인공
인 최재성을 모델로 쓴 효과도 무시할 수 없었다.

2주가 되자 블루오션으로는 대리점을 하고 싶다는 신청
전화가 쇄도하기 시작했다.

신문광고를 해서 대리점을 모집하고 있는 상황에서 자발
적으로 전화가 온다는 것은 고무적인 일이었다.

이미 준비되었던 4천 개 수량은 모두 팔려 나갔고 2천 개
수량을 급히 만들고 있었다.

재즈—1은 닉스에서 판매하는 신발처럼 젊은 층에 패션
아이템으로 자리 잡을 조짐을 보이기 시작했다.

*   *   *

필립스코리아 회의실에 모인 사람들의 얼굴 표정이 심상
치가 않았다

필립스코리아는 재계 4위의 대산그룹과 필립스가 6 대 4의
지분으로 만든 만들어진 회사다.

필립스의 명성과 기술력을 전수받아 대산그룹이 통신 분
야에 진출하려는 목적으로 설립되었다.

그들 앞에는 블루오션에서 개발되어 판매되고 있는 재즈(Jazz)—1이 놓여 있었다.

"이걸 만든 블루오션이 어디에 있는 회사냐?"

회의실 중앙에 위치한 인물이 재즈—1을 들며 질문을 던졌다.

그는 필립스코리아의 사장으로 대산그룹의 이대수 회장이 아끼는 인물 중의 하나로 이름은 박명준이었다.

대산그룹은 이동통신시장이 급부상하자 차세대 성장 동력으로 삼을 생각을 갖고 있었다.

내년 상반기 중 새로 선정할 신규 이동통신사업자의 기준이 마련되자 2조 원의 황금 시장으로 부상할 휴대전화, 차량전화, 무선호출 사업 진출 티켓을 따내기 위해서 그룹 차원에서 총력을 다하고 있었다.

현재 조사 준비팀을 구성하여 구체적인 진출 움직임을 보이고 있는 국내 기업은 대산그룹을 포함하여 포철, 선경, 효성, 쌍용, 대한항공, 일진, 맥슨전자, 코오롱, 태일전자 등으로 다른 기업들도 눈치를 보며 준비를 하고 있었다.

그러나 교환기 · 전송 장비 등 통신 설비(단말기 제외)를 제조하는 업체는 한국이동통신과 공정한 경쟁을 벌이는 데 문제가 있다는 이유로 신규 이동통신 사업자 설립에 대주주(주식의 3분의 1 이내 소유)로 참여할 수 없었다.

이 때문에 그동안 준비 작업을 펴왔던 삼성, 현대, 금성, 대우, 대우와 동양정밀을 인수한 한국화약, 그리고 정주투자기관인 한국통신은 주식을 10%까지만 가질 수 있는 소주주로 머물게 되어버려 반발이 심했다.

현재 유력한 후보 기업은 자금력이 가장 뛰어난 포철과 오래전부터 그룹 경영기획실 안에 전담반을 구성하고 진출 준비 작업을 해온 선경과 대산그룹이었다.

이들 그룹의 뒤에는 막강한 정치인들이 후원하고 있었다.

포철은 전 포철 회장이자 박태준 정민당 대표위원이 밀고 있었고 선경은 그룹 사주와 현 대통령이 사돈 관계였다.

그리고 대산그룹은 여당대통령 후보로 거론되고 있는 정민당의 한종태 사무총장이 있었다.

"예, 구로공단 내에 자리 잡고 있습니다."

그의 말에 가장 가까이에 있던 인물이 대답했다.

"인원은?"

"정확하지는 않지만 열다섯 명 정도 되는 걸로 알고 있습니다."

"뭐? 열다섯 명이 전부라고?"

"예, 올 초에 전화기를 생산하다가 이번에 처음으로 내어놓은 삐삐입니다."

"열다섯 명으로 이런 제품을 만들 수 있나? 아니, 개발자가 열다섯 명이 전부는 아닐 것 아냐?"

박명준의 말에 뒤쪽에 앉아 있는 인물이 입을 열었다.

"무선호출기의 개발 기술은 어느 정도 알려진 상태입니다. 하지만 이렇게까지 만들려면 전문적인 연구개발진 있어야만 합니다. 저희 필립스코리아에서도 지금 개발 중이던 제품과도 비슷하지만 저희는 세로 형태로 개발 중입니다."

필립스코리아의 연구소장 말이었다.

"우리 회사 개발자는 몇 명이냐?"

"개발연구소에 있는 인원은 모두 삼십 명입니다."

"후후! 삼십 명이 못하는 걸 열다섯 명이 해낸 거구먼. 이렇게 만들려면 얼마나 걸려?"

박명준의 말에 연구소장이 조심스럽게 입을 열었다.

"회로 설계와 테스트는 2개월이면 되지만 금형 설계 기간 때문이라도 3개월은 걸릴 것 같습니다."

"안 되겠네. 정 이사! 연구소장 사표 받아놔. 뭐가 그렇게 오래 걸려? 그렇게 개발하면 언제 시장에 내다 팔아! 다들 정신들 못 차리고 있어. 기술이 모자라서 그런 거야? 필립스에서 필요한 기술은 다 사왔잖아!"

박명준의 말에 회의실은 찬물을 끼얹진 것처럼 싸늘해졌다.

그중에서 연구소장의 표정이 죽은 사람처럼 창백하게 변했다.

박명준은 자신이 뱉은 말을 철저하게 지키는 사람이었다.

"블루오션에 대해 알아보고 그쪽 개발자들 모두 데려와. 그리고 병신 짓만 하고 밥만 축내는 놈들은 다 내보내!"

박명준은 말을 마치고는 그대로 회의실을 나가 버렸다.

지금껏 자신이 맡은 곳에서 실패는 없었다.

1등이 아니면 적어도 1등과 거의 비슷한 2등을 유지했다.

죽어가던 기업도 그의 손을 거치면 전혀 다른 기업으로 만들어졌고 이익을 내는 회사로 탈바꿈했다.

그 과정에서 그는 피도 눈물도 없는 모습을 보여주었고 그로 인해 많은 사람이 회사를 떠나야만 했다.

박명준은 대산그룹 내에서 마이더스라는 별명으로 불리고 있었지만, 그의 또 다른 별명은 저승사자였다.

대산그룹 내에서 사십 대 초반에 최연소 사장에 오를 수 있었던 것도 일에 있어서 물불을 가리지 않는 이러한 성격 때문이었다.

Chapter 14

　무선호출기 시장은 선두주자인 모토로라코리아가 전체 시장의 37% 정도를 차치하고 있다. 그 뒤른 나머지 회사들이 뒤쫓는 형국이다.

　1위는 확연했지만 그 뒤로는 다들 고만고만한 점유율을 차지했다.

　무선호출기 시장은 전문가들의 예측을 뛰어넘어 시장의 규모가 더욱 커지고 있었다.

　그러한 상황에서 듣지도 보지도 못했던 블루오션에서 출시한 삐삐가 젊은 층에서 큰 인기를 끌자 무선호출기를 제작하는 회사들의 관심을 한목에 끌었다.

올해 말까지 단말기 시장에서 판매율을 3위 이상으로 끌어올리려고 했던 필립스코리아는 블루오션의 재즈―1의 등장으로 자칫 그 계획에 차질이 생기게 되었다.

재즈―1은 그동안 시장에 나왔던 무선호출기와는 전혀 다른 디자인과 합리적인 가격으로 시장의 판도를 흔들어 놓았기 때문이다.

다른 회사들도 재즈―1의 판매 추이를 지켜보며 자신들이 내어놓으려는 신제품의 출시일을 가늠하고 있었다.

하지만 각 회사에서 새롭게 출시되는 제품도 재즈―1을 넘어설 만한 삐삐들은 아니었다.

명성전자의 재즈―1을 조립하는 라인은 눈코 뜰 새 없이 바빴다.

부품이 공급되는 대로 조립을 하고 있었기 때문에 조립 공정은 주·야간 없이 돌아갔다.

재즈―1은 유선전화기인 레드아이처럼 판매 물량을 조절하지 않았다.

시장점유율을 높이기 위해서라도 재즈―1은 판매에 주력했다.

판매율이 곧 기술력으로 대변되는 상황에서 재즈―1의 판매율을 빠르게 솟구쳤다.

꾸준히 블루오션에서 신문광고를 실어준 덕분인지 광고를 싣는 신문사에서는 이달의 히트 상품으로 재즈−1의 성능과 특징을 상세히 조명해 주었다.

재즈−1의 광고모델인 최재성이 출현한 여명의 눈동자의 시청률 또한 고공행진을 하고 있었고, 덩달아 최재성의 인기도 최고를 누리고 있었다.

재즈−1도 최재성의 인기에 영향을 받아 판매에 도움을 받고 있었다.

이래저래 재즈−1의 시장 진입은 최고의 적기에 이루어진 것이다.

재즈−1은 물론 레드아이도 꾸준히 판매되고 있었기에 블루오션은 새로운 도약을 맞이하고 있었다.

*   *   ॥

재즈−1의 개발을 주도했던 김동철 과장은 친한 학교 선배의 호출에 오랜만에 무교동으로 향했다.

아직 회사에 동료들이 남아 있었지만 급한 일이라는 선배의 말에 먼저 퇴근한 것이다.

김동철은 선배와 자주 찾았던 골뱅이집으로 들어섰다.

가게의 안쪽으로 들어서자 손을 흔들며 반기는 선배 옆

에는 웬 낯선 사내가 자리하고 있었다.

선배의 이름은 이민수였다.

"야아! 신수가 훤해졌는데."

"훤해지긴요. 요새 눈코 뜰 새 없이 바빠서 몰골이 영 아닙니다."

"하여간 바쁘다는 소식은 들었다. 회사가 아주 잘나간다며?"

"예, 이번에 제대로 된 물건이 나와서 시장의 반응이 아주 뜨겁습니다. 한데 옆에 분은 제가 처음 뵈는 분인 것 같은데."

김동철은 낯선 인물에 대해 물었다.

"미처 말하지 못해서 미안하다. 이전 직장에서 나랑 같이 근무하다가 필립스코리아로 이직한 친구야. 이 친구도 시간이 된다고 해서 같이 불렀다. 아마 너랑 동갑일 거다."

이민수는 대우전자통신에 근무하고 있었다.

"오정수라고 합니다. 이 과장에게서 이야기를 여러 번 들었습니다."

오정수는 이민수의 말이 끝나자마자 지갑에서 명함을 꺼내어 주며 인사했다. 오정수의 직급은 대리였고 개발연구소에 근무했다.

"김동철이라고 합니다."

김동철 또한 블루오션의 명함을 건네주었다.

"요즘 한창 재즈―1이 잘나가던데요?"

오정수는 재즈―1에 대해 잘 알고 있었다.

"예, 덕분에 집에 일찍 들어가지 못하고 있습니다. 오늘도 선배와 약속이 없었다면 회사에 있었을 것입니다."

"이거 너무 잘나가는 것 아냐? 자, 한 잔 받으라고."

이민수는 맥주병을 들어 김동철의 앞에 놓인 빈 잔에 따라주었다.

"선배는 요새 어떻게 지내세요?"

"나야 똑같지 뭐, 위에서는 누르고 아래에서는 치고 올라오고 아주 죽겠어. 예전처럼 머리가 잘 돌아가는 것도 아니고 말야. 자! 한 잔 하자고."

이민수의 말에 맥주잔을 부딪친 후 김동철은 목이 말랐는지 단숨에 맥주를 들이켰다.

세 사람은 서너 병의 맥주를 비우며 일상적인 이야기를 나누었다.

약간의 취기가 올라올 때 즈음에 이민수의 입에서 뜻밖의 말이 나왔다.

"동철아, 우리 함께 일해보는 게 어떻겠니?"

"하하! 언젠간 같이 일하겠죠."

김동철은 웃으면서 대수롭지 않게 대답했다. 늘 만나면 말하는 레퍼토리 중의 하나였다.

　"농담 아니다. 여기 있는 오 대리가 너하고 나랑 필립스 코리아에서 함께 일해보자고 제안을 했다. 들어보니까 조건도 상당히 좋고 비전도 있더라."

　이민수의 말이 끝나자마자 오정수가 나섰다.

　"지금 사장님의 지시로 연구소 인력들을 재배치하고 있습니다. 실력 있는 엔지니어라면 기존 직장에서 받던 급여보다도 두 배를 더 받을 수도 있습니다. 더구나 외국 회사와 합작이다 보니 복지시설도 다른 회사보다 훨씬 괜찮습니다."

　오정수의 말이 끝나자 이민수가 다시금 말을 이었다.

　"나도 정수 이야기를 들어보니까 구미가 당기더라고. 쉬는 날에는 확실히 쉴 수 있어. 너도 알다시피 말이 연구 개발이지 매일 날밤이나 까고, 우리 일이 생 노가다보다 더 힘들잖아?"

　이민수 또한 개발팀을 이끌고 있었다.

　"힘들긴 힘들지요. 한데 난 이직할 생각 없어요. 급여도 나쁘지 않고 근무 환경도 다른 회사에 비교해서 전혀 떨어지지 않거든요. 그걸 떠나서 우리 회사 대표님이 가진 비전이 어떻게 이루어지는지 옆에서 한번 보고 싶어요."

김동철은 담담하게 말했다.

이민수가 말한 급한 일이라는 것이 바로 이직에 대한 것이었다.

"넌 전혀 회사에 불만이 없는 것처럼 말한다."

이민수는 의외라는 듯이 김동철을 바라보며 말했다.

"현재까지는 없어요. 뭐 앞으로는 불만이 생길 수도 있고, 없을 수도 있겠지만 그다지 불만이 있을 것 같지는 않아요."

"아직은 회사가 작아서 가족 같으니까 그럴 거야. 회사가 커지고 조금만 지나봐라. 사장이라는 인간이 직원들을 챙기나. 다 직원들의 단물만 쭉 빨아 먹고 몇 푼 안 되는 돈으로 생색만 내고는 이익을 독차지한다니까. 그럴 거면 월급이나 많이 주는 데서 일하는 게 장땡이라고."

이민수는 마치 자신이 그러한 일을 당한 것처럼 이야기했다.

필립스코리아의 오정수와 무슨 이야기가 오갔는지는 모르지만 평소와 달리 적극적으로 김동철을 설득했다.

"이 과장님의 말이 맞습니다. 저도 전 직장에서 일이 맞지 않아서 필립스코리아로 이직했는데 정말 잘했다는 생각이 요즘 들어서 듭니다. 더구나 대산그룹에서 필립스코리아의 지분을 모두 인수해서 보다 적극적으로 회사에 투자

하려는 움직임이 있습니다. 대산그룹의 현금 보유량이 대단하다는 것을 아시지 않습니까."

오정수의 말처럼 대산그룹은 현금 자산이 재계에서 가장 풍부하다는 포항제철에 전혀 밀리지 않았다.

재계 4위에 올라선 대산그룹의 투자는 항상 정확했고 실패 없이 성공을 이루어왔다.

대산그룹이 빠른 기간 내에 재계 4위에 올라설 수 있었던 것도 합리적인 투자와 돈이 안 되는 계열사를 과감하게 정리하는 순발력을 보여준 결과였다.

다른 대기업들이 문어발식으로 계열사를 확장하여 덩치를 키우는 전략을 세우고 있지만 대산그룹은 실리를 추구하는 전략으로 오히려 부실한 계열사 두 곳을 올해 들어서 다른 기업에 팔았다.

"솔직하게 말씀드리면 제가 블루오션에 몸담기 전이었다면 뒤도 안 돌아보고 입사 제의를 수락했을 것입니다. 하지만 지금은 블루오션에 만족합니다. 여기까지만 이야기하죠. 오랜만에 선배 만나서 회포를 풀려고 나왔으니까요. 자! 건배하시죠."

김동철은 말을 마치고는 맥주잔을 들었다.

두 사람은 못내 아쉬운 표정을 지었지만 더는 말을 꺼내지 못한 채 맥주잔을 들어 올렸다.

　김동철은 월요일에 출근해서 자신처럼 입사 제의를 받은 직원이 여러 명이 된다는 사실을 알게 되었다.

　그중 한 명이 퇴직 의사를 밝혔고 필립스코리아로 이직을 결정했다.

　김동철은 곧장 나에게 연락을 취했다.

　그의 연락에 회의가 잡혀 있던 닉스로 가지 않고 블루오션의 본사로 향했다.

　블루오션에 도착한 후 회의실에서 입사 제의를 받았던 직원들을 모두 불러들였다.

　모두가 재즈—1을 개발했던 인원이었고 모두 다섯 명에게 스카우트 제의가 왔다.

　앞으로 다른 직원들에게도 스카우트 제의가 올 수도 있었다.

　그들 모두 필립스코리아의 입사 제의를 받을 것이다.

　"음, 확실히 재즈—1에 대한 견제네요. 이렇게 동시다발적으로 접근했다는 것은 블루오션에 대한 조사를 확실히 했다고 봐야겠습니다. 안형석 대리는 회사를 떠나겠다고요?"

유일하게 퇴사를 하겠다고 말한 직원이었다. 그는 블루오션에 들어온 지 3개월밖에 안 되었다.

회의실에 들어온 안형석은 내 말에 난감한 표정을 지으며 어렵게 입을 열었다.

"보다 안정적인 직장에서 일하고 싶어서 결정했습니다."

"그래요. 안 대리님의 결정을 존중합니다. 본인이 결정한 대로 하십시오. 블루오션이 마음에 들지 않아 떠나는 직원은 절대 잡지 않습니다. 한 가지 충고로 말씀드리자면 재즈-1의 개발진이 모두 가지 않는다면 안 대리님은 몇 달 내로 필립스코리아를 나오게 될 것입니다. 안 대리님은 회의실에서 나가도 좋습니다."

내 말에 안형석 대리의 얼굴이 창백하게 변했다.

그도 그럴 것이 안형석에게 입사 제의를 한 인물은 재즈-1의 개발진이 모두 함께 움직인다고 말했었다.

그 말에 그는 홀가분하게 결정할 수 있었다.

하지만 지금 보니 자신만 블루오션을 떠나는 상황이었다.

"저, 저만 가는 거면 가지 않겠습니다."

안형석의 말에 의구심이 들어 질문을 던졌다.

"그게 무슨 말입니까?"

"제게 입사 제의를 한 친구가 재즈—1의 개발진 모두가 필립스코리아에 입사할 거라 말했습니다. 저는 그 말을 믿었고 고민 중에 결정했습니다. 한데 지금 보니까 저만 그러한 결정을 한 것 같아서요. 제가 생각이 짧았던 것 같습니다."

안형석은 자신의 판단을 급하게 수정했다.

사실 자기 혼자서 필립스코리아에 옮겨간다면 나의 말처럼 낙동강 오리알 신세가 될 수 있었다.

재즈—1을 개발한 핵심기술자들은 모두 블루오션을 떠날 생각이 없는 것이다.

"제가 한 말씀드리겠습니다. 여기 계신 김동철 과장님과 조성원 과장님하고는 몇 차례 이야기를 나누었습니다. 재즈—1이 시장에서 성공을 하면 타 기업에서 혹시 블루오션의 직원들에게 스카우트 제의를 할지도 모른다고요. 기업의 입장에서 성공한 제품을 연구 개발 투자 없이 손쉽게 얻는 방법은 그걸 만든 개발진을 데려오는 것입니다. 그게 가장 적은 투자로 큰 효과를 보는 방법이지요."

내 말에 김동철과 조성원이 동조하듯이 고개를 끄떡였다.

"이러한 경험이 이번만이 아닙니다. 제가 관여하고 있는 회사 중에서도 이 같은 일이 벌어졌었고 제품 개발을 주관하던 디자인실에서 여러 명의 직원이······."

나는 닉스에서 일어났었던 스카우트 사건을 말해주었다.

"블루오션은 여러분이 만들어가는 회사입니다. 전에도 말한 것처럼 지금 여러분이 예상하고 생각하는 것보다도 더 큰 시장이 앞으로 도래할 것입니다. 지금 눈앞에 보이는 작은 것에 대한 욕심을 버리고 유혹을 이겨낸다면 여러분은 분명 큰 열매로 보답받을 것입니다. 블루오션은 반드시 대한민국시장을 석권하고 세계시장으로 나아갈 것입니다."

난 그렇게 할 수 있는 자신감이 있었고 그러한 일을 진행할 수 있는 자금도 마련되어 가고 있었다.

내 말을 들은 직원들은 조금은 어두웠던 표정에서 밝은 얼굴로 바뀌었다.

"그리고 이번 달에는 재즈—1의 성공적인 시장 진입을 기념해서 특별 보너스가 나갈 것입니다."

말이 끝나자마자,

짝짝!

와!

회의실에 모여 있던 사람들 모두가 손뼉을 치고 환호했다.

"역시! 우리 대표님이 최고라니까."

"저흰 대표님만 믿고 갑니다."

역시나 돈을 싫어하는 사람은 없었다.

앞으로 블루오션의 앞길을 막아서는 기업은 필립스코리아만이 아닐 것이다.

아니, 필립스코리아는 블루오션을 향해 꺼내 든 발톱을 그냥 거둬들이지 않을 것 같다는 생각이 들었다.

*   *   *

필립스코리아가 블루오션의 개발진들을 데려가려고 욕심을 냈던 이유가 되는 것처럼 재즈(Jazz)—1은 만들어내는 대로 팔려 나갔다.

한 달 사이에 재즈—1은 무려 2만 3천 개가 넘게 팔려 나갔다.

매출액으로 따져도 34억 5천만 원을 넘어서는 놀라운 판매액을 기록했다.

무선호출기의 시장이 날로 커지고 있지만 한 달 새에 2만 개가 넘게 팔려 나가는 제품은 아직은 없었다.

재즈—1의 약진은 무선호출기 시장의 판도를 바꿔 버릴 만큼의 여파를 만들어냈다.

더구나 한 달간 판매량에서 있어서 블루오션은 지금까지

변함없이 1위를 차지하던 모토로라코리아를 누르는 쾌거를 이루어낸 것이다.

물론 누적 판매량에서는 아직 모토로라코리아에서 생산하는 삐삐를 이길 수 없지만 이대로 재즈—1의 인기가 계속 이어나간다면 단일 제품으로는 모토로라코리아를 이길 수도 있다는 생각이 들었다.

현재 시장의 판도로는 도저히 국내 기업이 모토로라코리아를 이길 수 없다는 것이 전문가의 예상이었다.

하지만 누구도 예상하지 못했던 블루오션이라는 신생 회사가 그 일을 이루어낸 것이다.

블루오션은 사실 중소기업이라고 부르기에도 민망할 정도로 작은 기업이다.

이러한 블루오션의 놀라운 성과로 인해 신문사와 잡지사에서 취재 요청이 들어왔다.

블루오션을 더욱 알리는 방편으로 취재 요청을 수락했지만 내가 전면에 나서지는 않았다.

신문사나 잡지사에서 블루오션의 대표인 나에 대해 궁금해하고 인터뷰를 원했지만, 해외에 장기간 출장 중이라는 이유를 대며 인터뷰를 피했다.

대부분의 취재에 대한 대답은 재즈—1의 개발을 주도했던 김동철 과장이 맡아서 담당했다.

인터뷰는 재즈—1의 개발 진행 과정과 요즘 주 관심사로 떠오르고 있는 여명의 눈동자의 최재성을 광고 모델로 기용한 것에 대한 것이었다.

거기에 블루오션은 연구 개발만 진행하고 제조와 제품의 생산은 모두 명성전자에서 진행한다는 것이 경쟁 회사와 다른 점이라는 게 기사의 핵심이었다.

15명의 인원에서 그보다 수십 배나 큰 회사들과 경쟁할 수 있는 이유를 알 수 있는 대목이었다.

무선호출기를 만들어내는 모든 기업은 생산 공장을 가지고 있었다.

기사에는 블루오션에서 개발한 유선전화기인 레드아이에 관한 내용도 들어갔다.

그러자 레드아이의 판매량도 덩달아 늘어났다.

성경에 나온 다윗와 글리잇의 싸움처럼 도저히 승산이 없어 보이기만 했던 싸움터에서 재즈—1은 큰 승리를 거두었다.

그 순간부터 무선호출기를 제조하는 경쟁 회사들은 블루오션에 대해 부러움과 질시를 보냈으며, 재즈—1의 성공적인 시장 진입과 예상을 뛰어넘은 판매율로 인해서 이제는 블루오션을 확실한 경쟁 상대로 취급하기 시작했다.

*　　　*　　　*

한동안 블루오션에 매달렸지만 닉스나 도시락도 산적한 일이 하나둘이 아니었다.

닉스는 우선 미국으로 수출하는 15만 켤레의 물량을 맞추기 위해서 밤낮없이 생산라인이 돌아갔다.

생산직 직원들은 밤 9시 퇴근은 물론이고, 토요일에도 저녁 7시가 넘어서야 퇴근할 수밖에 없는 상황이었다.

다들 지금 상황을 불만스러워할 수도 있었지만 이러한 의외적인 상황은 닉스 공장에만 국한된 이야기였다.

대다수의 신발 공장에서는 야근 작업이라는 것은 아주 옛날 옛적의 일이었다.

공장의 생산라인을 다 돌리지 못하고 가동이 중단되거나 놀리고 있는 곳이 태반이었다.

다들 닉스의 이러한 상황을 부러운 눈으로 바라보고 있었기에 직원들은 지금의 수고를 기꺼이 받아들였다.

더구나 생산직 사원들의 야간 수당은 1.5배를 쳐주었고 토요일에 하는 초과 수당은 2배를 주었다.

다른 업체에서는 전혀 생각할 수 없는 일을 닉스는 하고 있었다.

거기에 공장의 근무 환경도 점점 나아졌다.

생산 설비를 더 설치할 수 있는 공간을 과감하게 직원들의 휴게실로 바꾸었고, 휴게실 안에는 안마기까지 들여놓아서 직원들의 피곤함을 조금이나마 풀 수 있게 했다.

구내식당에서 나오는 음식도 금사공단에 위치한 어떤 공장보다도 맛 좋고 질 좋은 음식을 제공했다.

일부러 야근하고 저녁밥을 먹고 가겠다는 말이 나올 정도로 식사의 질에 신경을 썼다.

직원들을 위해서 이렇게 신경을 쓰자 회사에 대한 애사심으로 나타났고 지금까지 퇴사자가 단 한 명도 나오지 않았다.

그리고 닉스의 대표인 나를 비롯한 한광민 소장의 말이라면 무조건 믿고 따라주었다.

"다음 주에는 10만 켤레를 미국으로 보낼 수 있을 것 같습니다."

부산 공장과 생산량을 조율하고 있는 이종환 과장의 보고였다.

미국에서 닉스 신발을 애타게 기다리고 있는 피터 싱어는 매주 독촉 전화를 걸어왔다.

이미 미국으로 수출되었던 10만 켤레의 수량이 모두 팔려 나갔다.

문제는 국내에서도 닉스의 판매량이 줄어들지 않고 있다

는 것이다.

전국 주요 도시에 새롭게 개설된 닉스 매장들에서 판매 수량을 간신히 맞추고 있었다.

더욱이 겨울 시즌을 맞이해 새롭게 내어놓은 스니커즈 스타일의 닉스—블랙스타는 트렌디하고 모던(현대적인)한 디자인으로 두툼한 화이트 아웃솔에 경쾌한 포인트를 주었고, 쿠셔닝도 좋아 많이 걸어도 발의 피로가 적은 신발이었다.

닉스—블랙스타는 블랙 컬러 하이톱과 로톱 두 종류로 출시될 예정이고, 판매 예정일은 12월 1일부터였다.

새로운 감각과 기술이 접목된 닉스—블랙스타는 김은미의 사촌 동생으로 닉스에 입사한 김상희가 참여했다.

가격은 기존 제품보다 고가로 20만 원에 책정되었고 다른 제품과 달리 소량 생산한다.

신발 마니아들은 벌써부터 닉스—블랙스타로 인해 들썩거리고 있었다.

"그나마 다행이네요. 미국에서 걸려오는 전화를 받는 것도 지겨웠는데 말입니다. 본사 공사는 어떻게 진행되고 있습니까?"

이미 피터 싱어는 계약금 형태로 5백만 달러를 보내왔다.

통상적인 계약금 형태를 넘어서는 금액으로 그걸 빌미로 계속해서 독촉 전화를 걸었다.

피터 싱어는 또한 미국에서 닉스 신발을 판매할 수 있는 독점판권을 요구해 왔다.

그도 그럴 것이 10만 켤레가 LA지역 주변으로 팔려 나갔지만, 닉스 신발을 찾는 고객의 요구가 다른 지역에서도 오고 있었다.

더욱이 현지에서 닉스 신발을 알게 된 수입업자가 수입 의사를 타진해 왔다.

현재로서는 생산량을 맞추기 어려워 고사하고 있는 중이다.

피터 싱어의 독점권 요구도 현지 시장을 파악한 후에 결정할 예정이다.

"예, 기본 공사는 마무리 난계에 접어들었습니다. 다음 주부터 내부 공사와 인테리어 공사가 함께 진행될 예정입니다. 크리스마스 이전까지는 모두 끝낼 수 있을 것 같습니다."

"초겨울이라 공사 여건이 힘들겠지만 하나하나 세심하게 신경 써야만 합니다."

"예, 건축사와 시공사도 그 점에 신경을 쓰고 있습니다."

닉스 본사 건물은 새로운 형태의 건물이었다.

패션의 혁신과 세련됨을 지향하는 닉스의 이념에 맞게 건물 형태가 한국에서는 쉽게 볼 수 없는 모양으로 짓고 있었다.

가로수길의 명물로 탄생하게 될 닉스 본사는 새로운 아이디어의 창출과 고객에 대한 발 빠른 대처를 위해서 회의실 곳곳에 화이트보드를 설치해 직원들이 섬광처럼 스쳐 지나가는 아이디어를 기록하도록 했다.

인테리어는 직원들이 맡은 업무 특성을 반영하여 확연히 다른 세 가지 디자인으로 구성했다.

가벼운 미팅 공간은 밝은 조명과 유니크(독특)한 소품으로 꾸미고, 일상 업무 공간은 적당한 조명과 함께 미색으로 칠한 가구와 벽면으로 화사한 분위기를 더했다.

거기에 사무실 바닥을 파 흙을 붓고 식물을 심어서 자연과 접한 공간으로 조성했다.

또한 업무에 쌓인 피로를 풀거나 영감을 받을 수 있도록 어두운 동굴 같은 휴식 공간도 만들었다.

1층에 만들어지는 닉스 판매장도 고객들이 차 한잔을 가볍게 할 수 있는 카페와 함께 닉스 제품들을 전시하는 공간을 만들었다.

앞으로 다른 회사들도 닉스와 같은 디자인적인 업무 공

간들을 마련할 계획을 세웠다.

"추운 겨울에 이사하게 되겠지만 그에 대한 준비도 철저하게 세워주세요. 아마도 제가 없을 때 이사를 할 것 같으니까요."

난 가인이와 예인이가 대입학력고사를 마치고 나면 미국 시장을 파악하기 위해 미국에 갈 생각이다.

92학년도 대입학력고사는 12월 17일이었다.

"예, 대표님의 걱정을 끼치지 않게끔 철저하게 준비하겠습니다."

이종환 과장은 자신 있게 말했다.

꼼꼼한 성격의 이종환은 닉스의 살림을 잘 챙겨 나갔다.

닉스의 업무보고를 마치고 나는 도시락으로 향했다.

러시아에 짓기로 한 도시락라면 공장의 설계가 어느 정도 윤곽이 드러났기 때문이다.

내부가 정리된 도시락은 팔도라면에 공급하고 있던 해물라면의 5년간 공급 계약을 취소시켰다.

팔도라면에서 공장을 매입한 이후 공장을 가동하기 위해서 맺었던 계약이었다.

팔도라면 측에서도 굳이 계약을 연장할 이유가 없었다.

자체 공장에서 생산하는 것이 도시락에서 공급받는 것보

다 생산단가가 더 적게 들어갔다.

도시락과 팔도라면 두 회사에 모두 이익이 되는 일이다.

해물라면의 계약 취소로 인해서 러시아에 수출되고 있는 도시락라면의 공급을 더욱 확대할 수 있었다.

해물라면을 만들었던 공정을 도시락라면을 생산하는 공정으로 바꾸었기 때문이다.

이제는 대도시를 벗어나 러시아의 소도시까지 도시락라면이 들어갔다.

한 달에 2만 상자를 더 생산할 수 있게 되어 국내에 공급되는 3만 상자를 뺀 14만 상자가 수출되는 것이다.

모스크바 근교에 세워지게 되는 도시락 공장은 러시아 정부에서도 적극적으로 밀어주었다.

식량난이 나아지고 있지 않은 러시아에서 도시락라면의 역할에 적잖은 기대를 걸고 있었다.

한국에 있는 러시아 대사도 수시로 공장 진행 상황을 체크할 정도로 관심이 컸다.

도시락라면 공장을 필두로 해서 마요네즈와 케첩을 생산하는 공장까지 세우기로 했다.

이 때문에 추가되는 공사비는 1천 5백만 달러였고 도시락라면 공장까지 모두 5천 5백만 달러가 들어가는 큰 공사였다.

그동안 도시락에서 벌어들인 이익금과 닉스와 명성전자에서 투자 형식으로 일정 금액을 투자했다.

모자라는 금액은 러시아와 부산에서 발견한 금을 현금화하기로 했다.

10만 평 부지에 생산 공장들과 물류 창고, 그리고 직원들의 기숙사까지 세워진다.

최첨단 설비와 장비들이 들어가는 공장은 생산 공정에 있어 사람의 손이 많이 필요 없는 자동화 시스템으로 설계되었다.

이천 공장보다 생산에 필요한 인원을 절반으로 줄였다.

러시아 공장의 설계와 맞물려 러시아인의 입맛에 맞춘 새로운 도시락라면의 개발을 끝냈다.

매운맛을 줄이고 러시아인이 좋아하는 개운한 맛과 고소한 맛을 더욱 강화했다.

러시아 공장 관련 회의가 끝나갈 무렵 한 통의 연락을 받았다.

필립스코리아의 박명준 사장이 날 만나보고 싶다는 전화가 왔다.

정중하게 거절하려고 했지만 순간 블루오션의 개발진을 통째로 빼가려고 했던 그 뻔뻔한 얼굴을 보고 싶다는 생각이 들었다.

약속이 잡힌 힐튼호텔로 향했다.

전망이 좋은 커피숍에서 만난 박명준은 잘생긴 호남형 얼굴에다 체격도 좋았다.

단정한 머리스타일에 고급 슈트를 입고 있는 박명준은 성공한 사람의 전형적인 모습이었다.

"반갑습니다. 말은 들었지만 이렇게나 젊은 분인지는 몰랐습니다. 박명준이라고 합니다."

박명준은 인사를 하며 악수를 건네 왔다.

"강태수라고 합니다."

"식사는 하셨습니까? 혹시 하지 않으셨다면 자리를 옮겨도 괜찮습니다. 저는 요새 블루오션 때문에 점심시간을 제때 챙기기도 어렸습니다."

박명준은 시계를 보며 내게 물었다. 그가 하는 말이 무슨 뜻인지 알았다.

필립스코리아가 올해 목표로 하는 판매 순위가 블루오션의 재즈—1 때문에 애를 먹고 있었다.

올해 필립스코리아가 목표로 잡은 판매율 3위 이상을 달성하기 위해 남은 한 달 동안 전 직원이 판매에 총력을 기울이고 있었지만 상황이 그리 좋지 않았다.

"예, 먹고 왔습니다. 커피나 한잔 마시지요."

"여기, 커피 두 잔."

박명준은 옆에 있던 호텔 직원에게 커피를 시켰다.

"절 보시고자 하는 이유를 물어도 되겠습니까?"

나는 바로 본론으로 들어갔다.

"하하하! 급하시네요."

웃으면서 말하는 박명준의 얼굴에 여유가 느껴졌다. 그러한 모습이 나는 별로 좋게 보이지가 않았다.

그가 대표로 있는 필립스코리아가 블루오션에 한 일 때문이었다.

"예, 제가 좀 많이 바빠서요."

내 말에 박명준은 웃음기가 가셨다.

"뭐, 바쁘시다니까 바로 본론으로 들어가죠. 이전에 저희 직원이 제 허락 없이 과욕을 부린 일은 사과드립니다. 저는 정정당당한 대결을 원하지 반칙을 써가면서 일을 하는 걸 좋아하지 않습니다."

박명준은 블루오션 개발진을 필립스코리아로 데려가려고 했던 일을 입에 올렸다.

"사과하시려고 절 만나자고 하신 것입니까?"

"물론 사과만 하려고 강 대표님을 보자고 한 것은 아닙니다. 단도직입적으로 말씀드리겠습니다. 블루오션을 저희에게 파시죠?"

순간 박명준의 입에서 전혀 생각지도 못한 말이 튀어나왔다.

『변혁 1990』11권에 계속…

네르가시아 장편 소설
FUSION FANTASTIC STORY

THE MODERN
MAGICAL
SCHOLAR

현대 마도학자

나르서스 제국의 전쟁영웅이자
마나코어를 개발한 천재 마도학자 카미엘!

그러나 제국의 부흥을 위한 재물이 되어
숙청당하는데⋯⋯.

『현대 마도학자』

죽음 끝에 주어진 또 다른 삶.
그러나 그에게 남겨진 것은 작은 고물상이 전부였다.

더 이상의 밑은 없다!
마도학자의 현대 성공기가 시작된다!

Book Publishing CHUNGEORAM

내일을 향해 쏴라

김형석 장편 소설

FUSION FANTASTIC STORY

1만 시간의 법칙!
'성공은 1만 시간의 노력이 만든다'는 뜻이다.

그러나…
사회복지학과 복학생 수.
전공 실습으로 나간 호스피스 병동에서
미지와 조우하다.

1만 시간의 법칙?
아니, 1분의 법칙!

전무후무한 능력이 수에게 강림하다!
맨주먹 하나로 시작한 수의
인생역전이 시작된다!

Book Publishing CHUNGEORAM

유행이 아닌 자유추구 -
WWW.chungeoram.com

이모탈 퓨전 판타지 소설
FUSION FANTASTIC STORY

워리어
Warrior

최강의 병기 메카닉 솔져,
판타지 세계로 떨어지다!

서기 2051년.
세계 최초의 메카닉 솔져 이산은
새로운 세계에 발을 딛게 된다.

"나는… 변한 건가?"

차가운 기계에서 따뜻한 피가 흐르는 인간으로!
카이론의 이름으로 새롭게 시작하는
진정한 전사의 일대기!

Book Publishing CHUNGEORAM

유행이 아닌 자유추구
WWW.chungeoram.com

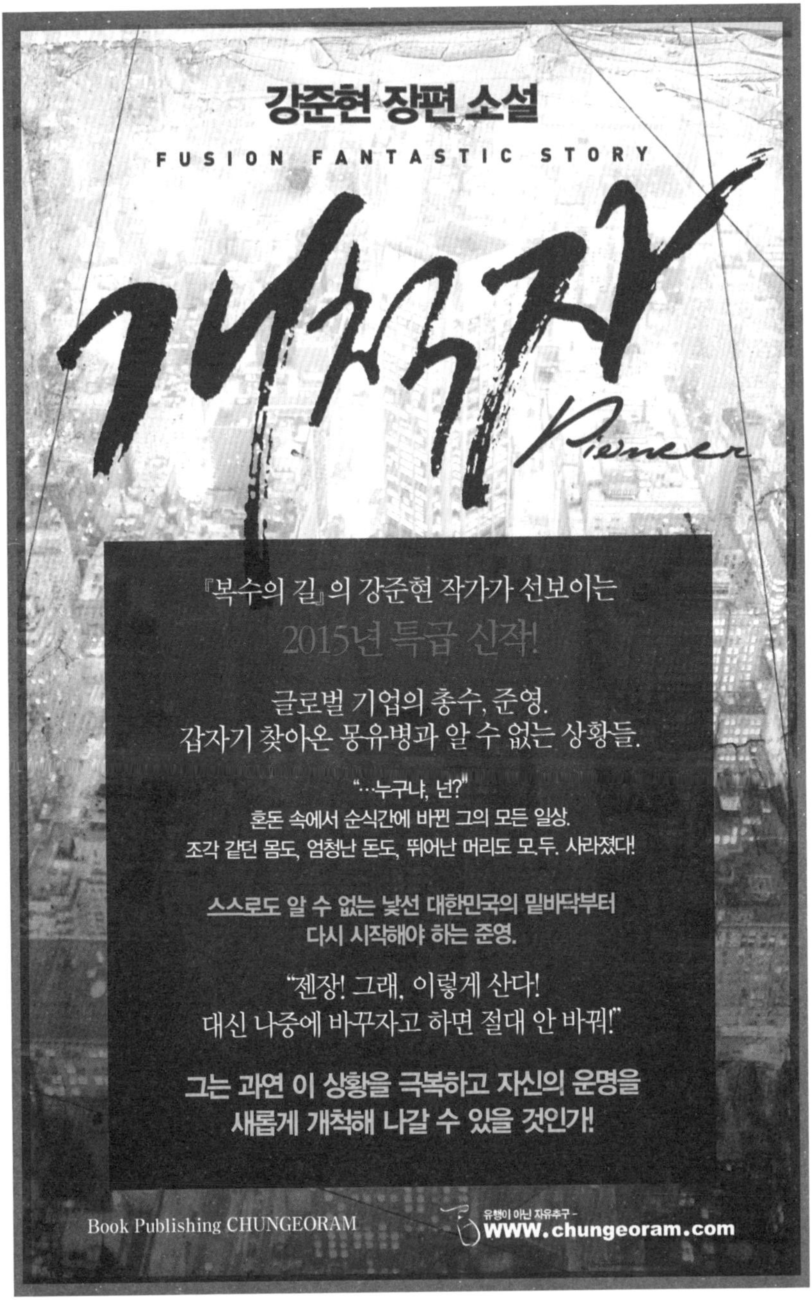

강준현 장편 소설

FUSION FANTASTIC STORY

개척자

Pioneer

『복수의 길』의 강준현 작가가 선보이는
2015년 특급 신작!

글로벌 기업의 총수, 준영.
갑자기 찾아온 몽유병과 알 수 없는 상황들.

"…누구냐, 넌?"
혼돈 속에서 순식간에 바뀐 그의 모든 일상.
조각 같던 몸도, 엄청난 돈도, 뛰어난 머리도 모두, 사라졌다!

스스로도 알 수 없는 낯선 대한민국의 밑바닥부터
다시 시작해야 하는 준영.

"젠장! 그래, 이렇게 산다!
대신 나중에 바꾸자고 하면 절대 안 바꿔!"

그는 과연 이 상황을 극복하고 자신의 운명을
새롭게 개척해 나갈 수 있을 것인가!

Book Publishing CHUNGEORAM

유행이 아닌 자유추구 -
WWW.chungeoram.com

글삶 장편 소설
FUSION FANTASTIC STORY

세상을 다 가져라

[세상을 다 가져라]

문피아 선호작 베스트 작품 전격 출간!
현대판타지, 그 상상력의 한계를 넘어서다!

권고사직을 당한 지 2년째의 백수 권혁준.

우연히 타게 된 괴상한 발명품으로 인해
과거로 회귀한다!

그런데
과거로 온 혁준의 손에 들려 있는 것은 바로
최신형 스마트폰!

"까짓 세상, 죄다 가져 버리겠다 이거야!"

백수였던 혁준의 짜릿한 인생 역전이 시작된다!

Book Publishing CHUNGEORAM

유행이 아닌 자유추구~
WWW.chungeoram.com